periscopio

LA OSCURA LUZ DEL TÍBER

LOLA GÁNDARA

LA OSCURA LUZ DEL TÍBER

edebé

Paseo San Juan Bosco, 62
08017 Barcelona
www.edebe.com

Directora de la colección: Reina Duarte
Diseño de las cubiertas: César Farrés
Ilustraciones interiores: Carlos Arbat

4.ª edición

ISBN 978-84-236-7528-9
Depósito Legal: B. 28980-2010
Impreso en España
Printed in Spain
EGS - Rosario, 2 - Barcelona

A Gisela Basso y
Darío Álvarez Gándara.

Índice

Me despierto. Tirana ha llenado una jofaina con agua de rosas: pétalos de rosas sin olor, porque, una vez deshojada, la rosa pierde la fragancia.

Salgo y subo la escalinata de piedra que conduce al promontorio. El cielo está azul. Tirana me ha preparado una tablilla de cera. En el suelo, una pluma de alondra...

Tirana me pregunta si hoy no oficiaremos a los dioses de la Sagrada Montaña para aplacar su ira. Yo sonrío. ¿Cómo decirle que la ira de los dioses no se aplaca?

Tirana me acerca el punzón y yo, serenamente, regreso a la memoria de los míos.

Séneca decía a menudo que la ligereza del presente es siempre enemiga de lo eterno. Pero si no recurro a esa ligereza, ¿cómo soportar el recuerdo de los días felices que se llevó la muerte?

Y mientras escribo, y evoco uno a uno los dulcísimos ecos de sus vidas, yo, Marcia Galia, recobro en mi presente su presente, y hago mío el tiempo del pasado. Definitivamente.

LIBRO I

(año 815-816 de la Urbe // 62-63 d. C.)

En el reinado de Tiberio Claudio Nerón,
siendo cónsules Memmio Régulo y Virgino Rugo.

Capítulo I

Mi nombre es Marcia y he nacido libre.

Digo esto porque mi madre fue una liberta. Mi madre nació esclava, pero consiguió la libertad. Su dómine le dio el documento de manumisión antes de que yo viniese al mundo, así que yo, Marcia, nací libre.

Nací libre y en el acta de mi nacimiento consta que soy hija de Prusia y Apio Herculano. En realidad Apio no es mi padre natural, sino el marido de mi madre; cuando contrajeron matrimonio, yo había cumplido ya los cuatro años.

Vine al mundo bajo el signo de Leo, estando Libra en la línea media del cielo y entrando Marte en Venus, por lo que mi destino se rige por el Sol y mi carácter está sujeto a las intemperancias de la Luna. Eso al menos fue lo que le pronosticó el astrólogo a mi madre.

Crecí en Siracusa, frente al mar Mediterráneo, que los romanos llamamos *Mare Nostrum*, y según dicen llevo en mis ojos el color del mar. Crecí entre el azahar y los olivos, y mi cabello tiene la tonalidad dorada de las tierras del Sur, en esa hora vespertina en la que el Sol desciende. Cuando era pequeña mi madre me protegía con grandes sombreros de alas anchas para que mi piel se mantuviese blanca, pero yo gustaba de corretear por la playa medio desnuda. Por eso, y pese a los esfuerzos de Prusia, mi piel ha adquirido un ligero tono bronceado.

Tengo quince años y mi madre ha muerto.

La incineramos en el promontorio y yo enterré parte de sus cenizas y coloqué sobre ellas una piedra votiva. La incineramos en el promontorio que hay entre el bosque y los cantiles porque aquí veníamos juntas a contemplar el mar. Por eso quiero que descanse aquí, al rumor de las olas que rompen en el acantilado.

Piedras. Ramas. Sal. Verde y azul.

Mi madre ha muerto y yo preparo un cofre de viaje. Apio Herculano me ha dicho esta mañana:

—Marcia, haz el equipaje. Te vas a Roma.

—¿A Roma?

—Era el deseo de Prusia, ya lo sabes.

—Sí, lo decía, pero yo creía que sólo era un proyecto, una de tantas cosas que se dicen...

—He escrito a nuestros patronos y ya he recibido respuesta. Una nave se hace a la mar mañana.

—¿Tan pronto? Apenas acabamos de darle tierra... ¿Quién te asegura que los patronos se harán cargo de mí?

—Los patronos tienen la obligación de ocuparse de

sus libertos. Prusia era su liberta, así que te tutelarán. No te preocupes, esto no es nuevo para ellos. Tu madre, que te quiso más que a nada en el mundo, se cuidó de asegurar tu futuro.

—Pero mañana... ¿No podríamos posponerlo un poco?

—El barco sale mañana... Tu tutor ha pagado el precio del pasaje y te esperan en el puerto de Ostia.

Y ahora estoy en este barco, navegando rumbo a la más poderosa ciudad de la Tierra.

Estoy en este barco y no hago más que darle vueltas al hecho de que nuestros patronos me acojan en su casa, para que yo pueda vivir en Roma y completar mi educación. Y esto no deja de asombrarme.

No deja de asombrarme y no puedo evitar que una sospecha me ronde todo el tiempo. Porque, ¿quién soy yo? ¿Cuál es mi origen? Jamás supe nada de mi padre y jamás mi madre mencionó el hecho de mi nacimiento. Únicamente sé que se produjo en la luna de agosto, en casa de nuestros patronos, porque mi madre era una esclava doméstica. Yo nací libre y a veces me pregunto si el hecho de mi nacimiento fue lo que determinó la libertad de Prusia, y eso querría decir, sin duda, que mi padre era uno de sus amos y que disfrutaba de su cuerpo. Como he dicho, Prusia nunca hablaba de estas cosas, y hasta es probable que ignorase quién me engendró en su seno... Lo único cierto es que voy a vivir en la *domus* de una de las familias más poderosas del Imperio, los Séneca, y que mi tutor, Lucio Anneo Séneca, no sólo es un reputado filósofo, sino que ha sido el preceptor del hombre que hoy dirige los destinos del mundo.

Apio Herculano me ha recomendado que me comporte con naturalidad, pero la verdad es que estoy asustada.

Capítulo II

Llevo meses instalada en casa de Séneca y de su esposa, Pompeya Paulina, y me siento como en mi propia casa.

Al llegar creí que me asignarían un cuarto en las dependencias del servicio, pero me instalaron en un cubículo cercano al de Paulina, como si fuese un miembro más de la familia. Paulina y Séneca me tratan con el mayor afecto, y Paulina me ha regalado una esclava. Se llama Tirana y procede de Hispania, porque los Séneca son de origen hispano y poseen grandes propiedades en la Bética. Tirana ya estaba en la casa cuando llegué y desde el primer momento se convirtió en mi sombra. Tirana duerme al pie de mi cama para velar mi sueño.

Lucio Anneo se ha mostrado muy interesado por mis aficiones literarias y ha contratado a un griego como maestro de filosofía, poesía y retórica. Asimismo, estoy perfeccionando mis estudios de música y, dos veces por semana, acudo a una escuela cercana al templo de Ceres para practicar la danza. Lo de la danza ha sido cosa de Paulina, porque a esa escuela acude lo mejorcito de la sociedad romana; en cambio lo de la poesía y la retórica a Paulina le parece una perfecta inutilidad para una muchacha que está en edad de desposarse.

—Lo que tienes que hacer es ejercitarte en la rueca y el telar —me dice a menudo—, y has de aprender a llevar una casa. Es lo que se espera de una joven, y con esas virtudes debes adornarte para llegar a ser una matrona respetable.

Yo obedezco y me aplico en el telar y en la economía doméstica lo indispensable, sólo lo indispensable, porque no siento el más mínimo interés por ese futuro de matrona dedicada exclusivamente al cuidado de los hijos. Me gustaría tanto ser poetisa...: componer odas y elegías, cantarlas al son de la cítara, y escribirlas luego en largos pergaminos...

Lucio Anneo me anima y también su sobrino Marco Anneo Lucano, que, a pesar de su juventud (Lucano tiene 23 años y acaba de contraer matrimonio con una chica jovencísima, que se llama Pola Argentaria), es un gran poeta al que todos alaban. Lucano nos visita muy a menudo, y tanto él como Pola Argentaria me distinguen especialmente. De toda la familia, Lucano es mi favorito y estoy deseando que llegue el viernes, porque los viernes Lucano cena en nuestra casa, y también Cayo Petronio, que está considerado como uno de los hombres más sofisticados de la Urbe y todo el mundo tiene en cuenta su opinión en materia de arte. Petronio marca la moda en la ciudad: él se viste de forma atrevida y, aunque siempre lo critican, todos se apresuran a copiarlo. Dicen que el propio emperador lo consulta y que es uno de sus predilectos. Paulina asegura que es un atildado y que no se preocupa más que de sí mismo, pero a mí me resulta muy grato.

Nuestra casa está situada en la cima del Aventino. La puerta principal da al *Clivus Publicus* y el jardín posterior acaba en una terraza desde la que se contempla el oeste de la Urbe. Puedo ver parte de las murallas, los muelles y el templo de mujeres *Juno Regina*; al fondo se divisa el Tíber y en las noches de plenilunio las aguas del río parecen una estela de plata.

Esta noche hay luna llena y yo, sentada en uno de los bancos de piedra que rodean la fuente de Diana, observo el cielo para ver el cometa.

Celonia, la vieja nodriza de Paulina, ha predicho que el cometa pasará de nuevo esta noche. Celonia le tiene miedo al cometa. En realidad le tiene miedo casi todo el mundo y, desde la primera noche en que se vio en el cielo, las predicciones de los arúspices y de los augures se han multiplicado. Hasta el propio Nerón consultó al astrólogo Balbilo y ha mandado abrir los Sagrados Libros Sibilinos, que se guardan en el templo de Apolo.

El jardín está silencioso y hace algo de frío.

Veo a Tirana, que me observa. Tirana es como un gato: me sigue a todas partes, tanto que a veces me incomoda. Paulina dice que Tirana se siente sola y que me busca porque las dos tenemos quince años. A veces yo también me siento sola, sobre todo cuando hay mucha gente, y en esta casa, entre los libertos y los clientes de Séneca, que lo visitan todas las mañanas para presentarle sus respetos y pedir consejo, hay siempre mucha gente. Es curioso que una se sienta tan sola con tanta gente alrededor. Paulina dice que ésas también son cosas de los quince años.

—Tirana, sal de detrás del árbol. Te he visto.

—Ten —me tiende una toquilla.

—Gracias. Pero no es para traerme la toca para lo que has venido. Has venido para curiosear.

—¿Para curiosear?

—Desde luego. Siempre quieres saber adónde voy, o de dónde vengo... Eres una plasta, ¿lo sabías?

—Sí, *domina.*

—No me llames *domina.*

—Pues el ama Paulina siempre quiere que la llamemos *domina.*

—Paulina es mayor, ¿comprendes?

—Sí, *domina.*

—Tiranaaa... ¡Por Marte, que acabarás con mi paciencia!

Tirana sonríe y se apresura a decirme:

—No debes jurar por Marte, es un juramento de muchachos y el ama Paulina no lo aprobaría.

—Aquí no me oye nadie y juro por quien quiero. Bueno, me oyes tú, pero tú no cuentas, eres una esclava. Y si quieres seguir siendo mi esclava, no podrás contar lo que hago o lo que juro. A nadie, Tirana... Una vez hubo una esclava que se dejó torturar para no revelar los secretos de su ama.

—Sí, *domina.* Tirana se dejaría torturar.

De repente, Tirana dice con el mayor sigilo:

—Ven. Te enseñaré una cosa.

Me lleva hasta la puertecilla excusada que se abre al camino que llamamos de los Sauces.

—Está en el camino.

Abre el portillo y señala el suelo, iluminado por la Luna.

—Allí. ¿Lo ves? Junto a la puerta de la casa de los Silio.

—¿El qué?

—Hay un dibujo en la tierra.

Me acerco.

—Es un pez.

—Es el pez misterioso.

—¿Qué tiene de misterio?

Tirana coge una vara y remueve la tierra hasta que el pez queda borrado por completo.

—Lo he borrado, ¿verdad?

—¿Y qué?

—Pues que mañana habrán pintado otro. Yo lo veo, pero luego alguien va y lo borra, y después vuelve a aparecer, y así un día y otro.

—¿Y tú, cómo lo sabes?

—Vengo y el pez está aquí, aguardándome. Y luego no está, y otra vez se va y aparece... El caso es que no consigo ver quién lo dibuja. Vigilo y vigilo y no veo a nadie.

—Venga, Tirana. Nadie va por ahí pintando peces todo el día.

—Ya lo sé. Por eso es cosa de misterio. Pero Tirana lo descubrirá.

—¡Estupendo! —exclamo para quitármela de encima—. Tirana lo descubre y luego me lo cuenta.

—Pero no sé yo bien cómo...

—Pues vigilando, Tirana —y mi tono tiene un ligero deje de ironía—, vigilando.

La mancha difuminada del cometa se posa sobre el Tíber.

—Mira, Tirana, la cola del cometa.

Pero Tirana esconde la cabeza en la saya. Tirana esconde la cabeza porque Celonia le ha dicho que sobre la cola del cometa cabalga Orbana, la diosa que cierra los ojos a los muertos.

Capítulo III

He hecho dos amigas.

Una se llama Claudia y la otra, Lavinia. Claudia vive en la villa de enfrente y Lavinia en la contigua a la de Claudia. Los huertos de nuestras casas dan al camino de los Sauces. Claudia, como yo, es huérfana de madre; su padre es senador de orden ecuestre y reside en los campamentos militares, así que Claudia vive con su abuela Aurelia. Paulina, que era amiga de su madre, se ocupa de ella como si se tratase de su propia hija. El padre de Lavinia es senador y su madre es prima de Popea Sabina, que acaba de casarse con Nerón.

Lavinia tiene dieciséis años y Claudia va para diecisiete, pero a pesar de que me lleva casi dos años, nos hemos hecho inseparables. Aunque Lavinia me cae bien, Claudia y yo somos íntimas.

Precisamente hoy comemos con su abuela, Aurelia Domitila.

Me gusta Aurelia. Es una mujer inteligente y todos hablan de ella con respeto. Aurelia fue amiga de Agripina, la madre del emperador. Dicen que fue mecenas de artistas y que hasta influyó en política, pero desde que Agripina murió, Aurelia vive alejada de los círculos del palacio y apenas sale a la calle.

—¿Cómo te encuentras en Roma? —siempre se interesa por mí—. ¿Te trata bien Séneca? Me han dicho que es tu tutor.

—Sí. Mi madre era su liberta.

—¿De Lucio? —sonríe—. ¿Cómo se llamaba tu madre?

—Prusia.

—Prusia... ¡Ah, ya!, la joven de los cabellos de oro. Ya me acuerdo. Claro que entonces no vivía en casa de Séneca... Era muy hermosa... ¿Se casó, verdad?

—Se casó con Apio Herculano, un granjero. Tenemos una granja de cincuenta acres... Pero a mí no me educaron como una campesina. Mi madre me puso buenos maestros, quiso que yo fuese cultivada.

—Claudia asegura que eres muy buena recitando, y también con la cítara.

—Me gusta la música.

—Claudia también me ha dicho que quieres ser poetisa.

—Es lo que más deseo.

—¿Y qué opina el viejo Séneca?

—El que más me anima es Marco Lucano.

— Lucano... —me mira curiosa—. ¿Lucano se interesa por ti?

—¡Oh, ya lo creo! Lucano me demuestra..., no sé

cómo explicarlo, pero creo que me demuestra un afecto especial.

—Claro, querida —me observa detenidamente—. La pequeña Marcia... Te has convertido en una muchacha inteligente... Todavía recuerdo cuando no levantabas ni unos palmos y ya eras una niña ruidosa que se hacía notar; no tendrías más de tres años. Y Prusia era tan bella...

—Entonces, ¿me conocíais? ¿Me habíais visto antes de ahora?

—Pues sí, te había visto a menudo en los brazos de tu madre y correteando por el huerto de Anneo Mela, el hermano de Lucio. Entonces vivíais allí.

—¿De Anneo Mela, el padre de Lucano? ¿Vivíamos en la misma casa que Lucano? Pero si mi madre era una liberta de Lucio Anneo Séneca...

—No, querida. Prusia era liberta de Anneo Mela.

Un esclavo trae legumbres, huevos, frutas... Claudia me sirve zumo de moras, remuevo lentamente la bebida. En casa de Lucano... Estoy tan sorprendida... Quisiera hacerle a Aurelia mil preguntas pero ella, dándose cuenta de mi azoramiento, desvía la conversación.

—Marcia, si de verdad estás interesada en la poesía, debes viajar a Grecia. Dile a Lucio que te envíe a Lesbos, la patria de Safo. ¿Has leído a Safo?

—Sí. Safo estuvo exiliada en Siracusa, vivió allí un tiempo... En Siracusa tiene mucha fama.

—Safo es la mejor, nunca habrá una poetisa comparable a Safo, salvo que tú... —sonríe de nuevo—. Tienes que ir a Lesbos, a la escuela de Anaxandra.

Anaxandra se esfuerza por mantener vivo el espíritu de Safo.

—¡Oh, *domina,* nada podría hacerme más feliz!

Capítulo IV

Hoy hemos tenido una velada muy amena. Aurelia y Atila, la madre de Lucano, han venido a pasar la tarde y ha resultado una velada animadísima.

Estos días son muy entretenidos, porque las matronas han decidido que ha llegado la hora de casar a Claudia.

Atila llega provista de rollos y despliega una lista de nombres.

—He anotado los posibles candidatos. Si se os ocurre alguno más, lo añadimos.

—Marcia, coge el cálamo.

Me da la lista y yo voy leyendo los nombres. Al final, Paulina me dicta otros cuatro y a continuación empiezan a pasar revista.

Atila examina uno a uno a los supuestos pretendientes. Repasan el listado y no dejan una sola familia patricia con varones solteros sin escudriñar.

Aurelia supervisa.

—Ve tachando los mayores de cincuenta.

—¿Por qué? —protesta Atila—. El senador Publio Sulvio tiene cincuenta y dos, y acaba de enviudar.

—Viejo por demás.

—Es dueño de cuatro haciendas y posee varias manzanas de casas en el Esquilino que le proporcionan buenas rentas.

—Está hecho un carcamal. No deseo que mi nieta comparta la cama con un montón de huesos descarnados y pellejos colgantes. No, si puedo evitarlo.

—Como quieras.

Luego Aurelia se empeña en tachar a los mayores de cuarenta y cinco, ante la reprobación de Paulina, que ve cómo la lista mengua, y menguan asimismo las hectáreas, las quintas y los viñedos.

Aurelia está satisfecha. Asegura que le ha quedado una lista de la mejor calidad.

—Ya verás, Marcia. Claudia tendrá un verdadero problema.

—¿Con qué?

—Con la elección, *puella*, con la elección. Te aseguro que yo misma no sabría. Fíjate en éstos, los hermanos Pisón: uno cuestor y el otro a punto de alcanzar el tribunado, y los dos jóvenes y apuestos... O por ejemplo éste, Druso Atilio, que ganó el laurel tirando la jabalina. O este otro, Fabricio Roscio, hijo, nieto y biznieto de senadores desde los tiempos de la República.

—Ése no —se opone Atila.

—¿Qué tiene de malo?

—Su padre se metió en un asunto turbio... Es una vieja historia.

—Y tan vieja —dice Aurelia—, porque yo soy viejísima y ni siquiera la recuerdo, así que no creo que a nadie le importe.

—Pero se endeudaron hasta los huesos, tuvieron que venderlo todo.

—Pues, si mis informadores no me engañan, el joven está muy bien situado. Ha sentado plaza en la guardia pretoriana, y ya ha alcanzado el grado de tribuno.

—Pero sin posibles —se empeña Atila—. Es amigo de Lucano y me consta que gana los cuartos conduciendo una cuadriga.

—¡Un auriga! —Aurelia se escandaliza—. ¡Qué barbaridad! Ésa no es profesión digna de su clase, ésa es una ocupación para los esclavos o para los libertos.

—Bueno, según se mire... Porque desde que el César conduce su propio carro...

—¿Qué quieres decir?

—Nerón compitió el otro día en el Circo, compitió guiando su propio carro... Los tiempos cambian, Aurelia.

—No para mi nieta. Marcia, táchalo.

—¿Sabes? —me secretea Claudia—. Ese tal Fabricio... Lo he visto en los juegos, es guapísimo y tendrá unos veinticinco... Me gusta muchísimo.

—Pues ya sabes que no entra en el cupo.

—Pero nada impide que lo conozcamos. ¿No te parece, Marcia?

—No, nada lo impide.... Siempre que no se enteren.

Capítulo V

Entre la colina del Quirinal y el monte Capitolio, en un meandro formado por el río, se abre el Campo de Marte.

El Campo de Marte es uno de los lugares más agradables para pasear en primavera. Es punto de reunión social y está frecuentadísimo.

En el Campo de Marte te puedes encontrar a todo el mundo. Así que pasamos horas componiéndonos.

Claudia se pondrá una túnica verde y yo elijo una amarilla, pero Claudia opina que no es nada fina.

—A las pieles blancas no les va el amarillo, y además lo llevan las plebeyas.

—Bueno, tampoco soy una patricia..., y en cuanto a mi piel, el sol le ha dado bastante este verano.

—Aun así, no te la pongas. El amarillo está pasado, nadie en Roma se viste de amarillo.

Claudia tiene la piel muy suave, se la blanquea con harina de habas y no se desprende de la sombrilla para que el sol no le dañe el cutis. A mí, en cambio, me encanta el sol. Si algo echo de menos es el sol de Sicilia... Pero dejo la túnica amarilla y elijo otra en tonos azules. El azul está a la última.

Paulina consiente en maquillarnos. A Séneca no le agrada porque piensa que el maquillaje y los afeites están reñidos con la virtud. Y a Aurelia, no digamos. Aurelia opina que las mujeres de buena cuna no deben pintarse.

—Séneca es un antiguo —protesta Claudia—, y mi abuela... La abuela es tan mayor que conoció los tiempos de Tiberio. ¡Qué se puede esperar!

Paulina se hace de rogar un poco, pero acaba cediendo porque en el fondo nos da la razón.

—¡Qué caramba! Sois jóvenes, y no hay nada malo en que una muchacha se adorne y se esmere para lucir un poco. Pero al volver os laváis las caras, no quiero oír a Aurelia y menos a Lucio.

Cruzamos las galerías de los Pórticos de Pompeyo y nos dirigimos al prado que se extiende a lo largo del río. ¡Qué ambientazo! En seguida vemos a Lavinia Plautia y nos sumamos a su grupo. Lavinia no para de hablar. Desde que su prima Popea se casó con Nerón, Lavinia se da mucho pisto, pero lo cierto es que es simpatiquísima y le saca punta a todo.

Nos sentamos bajo los árboles, para ver los ejercicios gimnásticos y las prácticas de tiro. Entre un grupo de mozos, distingo a Lucano.

—Llámalo —me apremia Lavinia Plautia.

Y es que Lavinia bebe los vientos por Fabio Romano, uno de los amigos de Lucano.

Lucano y Fabio nos encuentran preciosas y proponen que vayamos a ver los entrenamientos ecuestres, así que paseamos hasta el Circo Máximo.

Las carreras me entusiasman. De todos los juegos, siento predilección por las carreras; en cambio detesto la lucha en cualquiera de sus formas. Me horroriza la agonía de los gladiadores, y no aguanto los combates de fieras. Sólo he estado dos veces en el anfiteatro pero nunca he presenciado las luchas. Los Anneo no asisten a esta clase de diversiones, y el propio Séneca ha escrito en contra de esos espectáculos de mal gusto en los que imperan la crueldad y la violencia. Pero las carreras son impresionantes. Duran todo el día, y llevas la comida y hasta la merienda. La gente acude en masa y no se mueve del sitio para no perderlo, aunque eso no reza con nosotros, porque las familias senatoriales tenemos reservados los escaños de las gradas bajas, las de madera.

Lo mejor son las apuestas. Cada uno apuesta por su partido y lleva su color. Ahora mismo hay cuatro partidos: los verdes, los azules, los blancos y los rojos. Nosotros somos de los verdes. Los verdes son los mejores; hasta el propio Nerón es de los verdes y en las carreras luce siempre la divisa de ese color. Mi caballo favorito es Turno, y siempre apuesto por él como ganador. Séneca dice que apostar es de rufianes, pero Lucano me ha cotilleado que sus libertos le cubren las apuestas y que el año pasado Turno le hizo ganar más de mil sestercios.

Nos situamos en la grada baja para ver los adiestramientos de las cuadrigas.

Las cuadrigas son púlpitos cerrados por delante y abiertos por detrás, sobre un eje de dos ruedas, del que tiran cuatro o seis caballos. Son carros ligeros, preparados para la competición, y los aurigas han de manejar el timón con pericia, mientras sujetan por la brida a las bestias.

Lavinia le da un codazo a Claudia.

—Fíjate, hoy trae espuelas plateadas.

—¿Quién?¿De quién habláis?

—De Fabricio —contesta Lavinia.

—¿Cuál es?

—El moreno.

—Morenos son casi todos.

—El más alto, mujer.

—¿Cuál? Encima del carro, se ven todos iguales.

—El de las espuelas de plata... El que va sexto.

—¡Ah, ya!

Fabricio Roscio recorre la espina central a tal velocidad que levanta chispas en la arena. Una vez y otra. Y cuando pasa a nuestra altura, el carro —yo creo que lo hace a propósito— se ladea, entre los aplausos de Lavinia.

—Va a dar siete vueltas —afirma, dándoselas de experta.

—¿Por qué siete?

—Se está entrenando para la gran carrera. ¿Ves aquel mojón? Es la meta. Ahora lo rodeará sin tocarlo. Ya veréis.

—¿No lo encuentras guapísimo, Marcia?

—Pues desde aquí... A ver si pasa más cerca.

Al final de los entrenamientos, Fabio Romano propone ir a las cocheras. Claudia acepta encantada y a Lavinia, que asiente a todo lo que dice Fabio, le parece de perlas.

Verdaderamente el joven Fabricio es un atleta; es un atleta y tiene una sonrisa... Cuando llegamos, ya le han quitado el yelmo y los servidores de las cocheras le enjugan el sudor de la cara con un pañuelo rojo. Y cuando se nos acerca... Con esa túnica corta y ajustada, ceñida tan sólo por una faja de correas, y el pelo peinado hacia atrás... Claudia me pellizca.

Lucano lo felicita, le augura el triunfo en las carreras de octubre y hace las presentaciones. Fabricio nos explica que el caballo exterior, el de la izquierda, ha de ser el más ligero, y a su lado debe ir siempre el caballo más seguro para hacer el contrapeso.

—Del contrapeso depende el zizagueo. El zizagueo es la estrategia, la trampa con la que puedes despistar al contrincante... La séptima vuelta es la más dura, te juegas la carrera. Hay que lanzarse de cabeza, girar rápido en la meta y emplearse a fondo para cubrir la última recta.

A continuación nos invita a visitar las cuadras.

Yo no tengo demasiado interés, porque las cuadras están en el distrito noveno y hay una tirada, pero, de pronto, a Claudia le acomete un interés sublime por los caballos, así que me resigno. Al llegar a las cuadras Fabricio hace mutis con Claudia con el pretexto de enseñarle un potro que ha parido una yegua siria; y como Fabio y Lavinia andan enfrascados en un diálogo de ojos y suspiros, mato el tiempo observando las yeguadas, a la espera de que regrese la desaparecida, sintiéndome, eso sí, como la que realmente está sobrando.

Claudia llega arrebatada. Trae prendida en la túnica la escarapela azul.

—Me ha dado su enseña. Si vieses...

—Venga. Es hora de volver a casa.

—¿Por qué tanta prisa? —protesta Lucano, que se haya en el trance de endilgarle a Lavinia y a Fabio sus últimos poemas—. Si esperáis, os subiré en mi coche.

—Imposible. No se permite circular antes de la hora décima, y le prometimos a Paulina que llegaríamos temprano. No quiere que Séneca nos vea pintadas.

—Vale —hace que se resigna—. Iremos a pie.

Lucano hace que se resigna, pero realmente, como todos los romanos, se pierde por callejear.

Por suerte Séneca trabaja en el *tablinum* y Tirana nos unta la cara con una crema limpiadora. Ni la más mínima huella.

—Claudia, quítate esa enseña de la túnica.

—¡Ni hablar! Todo el mundo lleva la divisa de su partido.

—Precisamente. Y nosotros, incluida tu abuela, somos de los verdes. No lo olvides.

Claudia se desprende de la escarapela suspirando.

—Pienso guardarla en mi mejor cofrecillo.

—Ni que fuese una perla de Eritrea.

—Para mí, lo es.

—No te hagas ilusiones. Uno de estos días te encontrarán marido, y no creo que se trate de un auriga...

Ya has oído a tu abuela... Así que más vale que vuelvas a fichar por los verdes.

—No me agües el día, ¿quieres?

Capítulo VI

Llegan las Lupercales.

Llegan las Lupercales y toda Roma se prepara para acudir al Lupercal.

Son las fiestas de la Loba Madre, la Loba que amamantó a Rómulo y Remo, cuando la tabla en la que los habían depositado llegó río arriba y se detuvo en la orilla izquierda, entre el Foro y el lugar en que se asienta el Circo Máximo. Allí quedaron los niños, protegidos por las ramas de la Higuera Sacra, hasta que su llanto atrajo a la Loba, que los acarició con su cola y les brindó sus generosas ubres.

Todos los años, en los idus de febrero, se conmemoran los ritos. Los sacerdotes Lupercos inmolan un cabrito y se untan las caras con su sangre.

A Séneca no le gusta que las mujeres de su casa asistan a esa fiesta, porque, según él, ha perdido lo que tenía de ceremonia sagrada y se ha convertido en desenfreno... Y yo me consumo por participar en los ritos...

Como siempre, Lucano viene en mi ayuda; él y Pola se ofrecen a acompañarme.

—Vamos, Paulina. Irá conmigo.

—No veo qué se le ha perdido ahí... Además, se ha vuelto una carnavalada propia de esclavos y plebeyos.

—Lavinia y Claudia también van a ir —me atrevo—; ya han preparado las caretas.

Paulina se muestra reticente, pero Lucano es demasiado encantador para que nadie pueda resistírsele.

Toda la falda del Palatino es una fiesta. Los Lupercos, casi desnudos, apenas cubiertos con un exiguo taparrabos, la cara embadurnada de sangre y llevando en las manos tiras hechas de piel de cabrito, corren persiguiendo a las mujeres, que unas veces se dejan azotar y otras les rehúyen.

Avistamos a muchos conocidos y Lucano saluda sin parar. Cerca de nosotros, en medio de un grupo ruidoso, distingo unas máscaras muy conocidas.

—Allí están mis amigas... —les hago señas con la mano.

En cuanto nos divisa, Lavinia Plautia se acerca y, sin quitarse la máscara, le hace carantoñas a Pola y se burla de Lucano.

—¿Te quedas con nosotros?

—Claro.

—Pues avisa a Claudia.

—Claudia va a lo suyo. Mira...

Otro enmascarado la lleva cogida por los hombros.

—Es Fabricio. ¿Lo recuerdas?

—¿El auriga?

Lucano, que nos oye, frunce el ceño.

—Haríais bien en advertir a Claudia que sea más discreta o su reputación acabará por los suelos. Si Aurelia se entera...

—¿Por qué habría de enterarse?

—*Pusilla*, de esas cosas tarde o temprano uno se entera... Sólo es cuestión de días.

Los veo perderse entre la multitud.

—Vámonos —Lucano tiene prisa—. Petronio y Fabio nos esperan en el Germalio.

Junto al templo de *Mater Matra,* Lucano y Lavinia suben a la litera de Fabio Romano; Pola y yo subimos con Petronio, que, por cierto, se ha maquillado como si fuese un cómico, con una peluca corta y unas botas de cabritilla blanca.

—¿Adónde vamos?

—A casa de Claudia Acté, pero no se lo cuentes a Paulina. No lo aprobaría y Séneca me descuartizaría en cuatro cachos.

—¿Quién es Claudia Acté?

—La liberta imperial —me ilustra Pola.

—Ser liberta no es una deshonra.

—¡Marcia!, Claudia Acté es la amiga de Nerón.

Me sorprende la modestia de la casa. Esperaba una de esas mansiones suntuosas, en las que hace ostentación el boato, pero la casa de Acté es más bien pequeña. Un solo atrio de orden toscano y pórticos sencillos. Sin embargo, la estancia en la que nos recibe está decorada con un gusto exquisito. Los lechos recubiertos de telas recamadas, tapices en las paredes y, en una de las esquinas, sobre un pedestal de mármol de Carrara, un busto de Nerón hecho en arcilla, que pone una nota entre solemne e íntima.

También me sorprende su aspecto. No es la belleza deslumbrante que una espera de la querida de un emperador. Su atuendo es austero, y apenas luce joyas.

Claudia Acté es muy alta y de una delgadez extrema; brazos largos, manos finas, un rostro afilado en el que se marcan los pómulos y unos ojos profundos, como las aguas mansas de un lago.

Seremos unos veinte. Lucano recita un largo poema de su nuevo libro y Petronio lee un divertido capítulo de la novela en la que está trabajando, en el que describe una ridícula y ostentosa cena que da un nuevo rico.

—Cayo —ríe Acté—, levantarás ampollas. Sé de más de uno que se dará por aludido.

—Querida —Petronio se inclina hasta rozar su oreja—, es lo que hay.

Y es que Petronio, pese a ser un vividor que se vendería por una hora placentera, fustiga a todo quisque y condena, sin paliativos, los vicios que practica, pero nadie, nadie se atreve con él, porque Cayo Petronio se mofa de su propia sombra.

Lucano se empeña en que yo recite uno de mis poemas. ¡Qué vergüenza! Pero como me da mucha más vergüenza negarme... Claudia Acté no deja de mirarme... Petronio me sirve una copa de vino.

Es la primera vez que bebo vino puro.

La conversación se generaliza y en seguida se centra en la política. El prefecto Afanio Burro acaba de morir, víctima de una afección de garganta. Alguien hace un chiste que no entiendo, y se comenta el nombramiento del nuevo prefecto de la guardia.

—¿Sonfonio Tigelino? ¿De verdad? No puedo creerlo.

—Pero si no es más que un advenedizo, un tratante de caballos.

—No olvides que es amigo del César desde la infancia.

—También fue amigo de Agripina.

Nuevas risas entre la concurrencia... Petronio concluye:

—Os plazca o no os plazca Sonfonio Tigelino, lo cierto es que goza de la confianza del emperador, de toda su confianza.

Claudia Acté apenas interviene, pero está atenta a todas las conversaciones. No dejo de observarla, y ella se da cuenta.

—Recitas muy bien. Deberías estudiar con un rector.

—Quiero ir a Lesbos, a la escuela de Anaxandra.

—Eso está bien. Pero mientras, ¿qué te parecería estudiar con Marcelo?

—¿El bibliotecario?

—Sí.

—No me aceptará, es reacio a las mujeres que estudian.

—Pero es amigo mío y me debe algún favor. Te aceptará, déjalo de mi cuenta.

Al despedirnos, Acté me dice:

—Voy a darte un consejo, si me permites... Tu

poema no es malo. Rimas aceptablemente y conoces la técnica, pero... La poesía ha de nacer del dolor y el dolor está en la vida, se lleva dentro... Deja fluir la vida, joven Marcia, y la palabra fluirá por sí misma.

De regreso a casa interrogo a Lucano.

—Marco, ¿desde cuándo es la concubina del César?

—Desde siempre. Domicio aún no había cumplido veinte años, y ella tenía unos quince... Estaba en el palacio cuando aún vivía el emperador Claudio, la trajeron muy niña de algún lugar de Oriente... Claudio le dio la libertad y Nerón se enamoró perdidamente.

—¿Y ahora..., continúan amándose?

—No lo sé. Acté es la prudencia misma. Mucho antes de que él contrajese matrimonio con Popea, ella ya vivía en esta casa, fue un regalo de la madre de Nerón.

—Así que se la regaló Agripina.

—Pues sí, y parece que en ello tuvo mucho que ver el tío Séneca. Sea como sea, el príncipe siente por ella algo muy especial... Si quieres obtener algo del príncipe, Acté es la mejor intermediaria.

Capítulo VII

Se presentan acontecimientos.

Un arúspice me ha leído las entrañas de un córvido.

Fue cosa de Tirana, como siempre en este tipo de asuntos. A Tirana le encanta que le interpreten los sueños y le lean la suerte. Los lunes prefiere las sabias; los martes, los arúspices.

El adivino abrió el bicho, hurgó en las vísceras y me pidió que dijese un número.

—El cuatro.

—Has elegido bien, porque tu destino lo marcan cuatro fechas decisivas.

Me pregunto qué pasaría si hubiese dicho el cinco.

—En cuatro estaciones dividimos el año —prosigue impertérrito—. Cuatro estaciones, pero las cuatro son inseparables, y lo que en unas fenece en las otras germina. Así sucederá con los cuatro acontecimientos que marcan tu sino. Partirás de un acontecimiento jubiloso, pero pronto la Hécate segará tu camino.

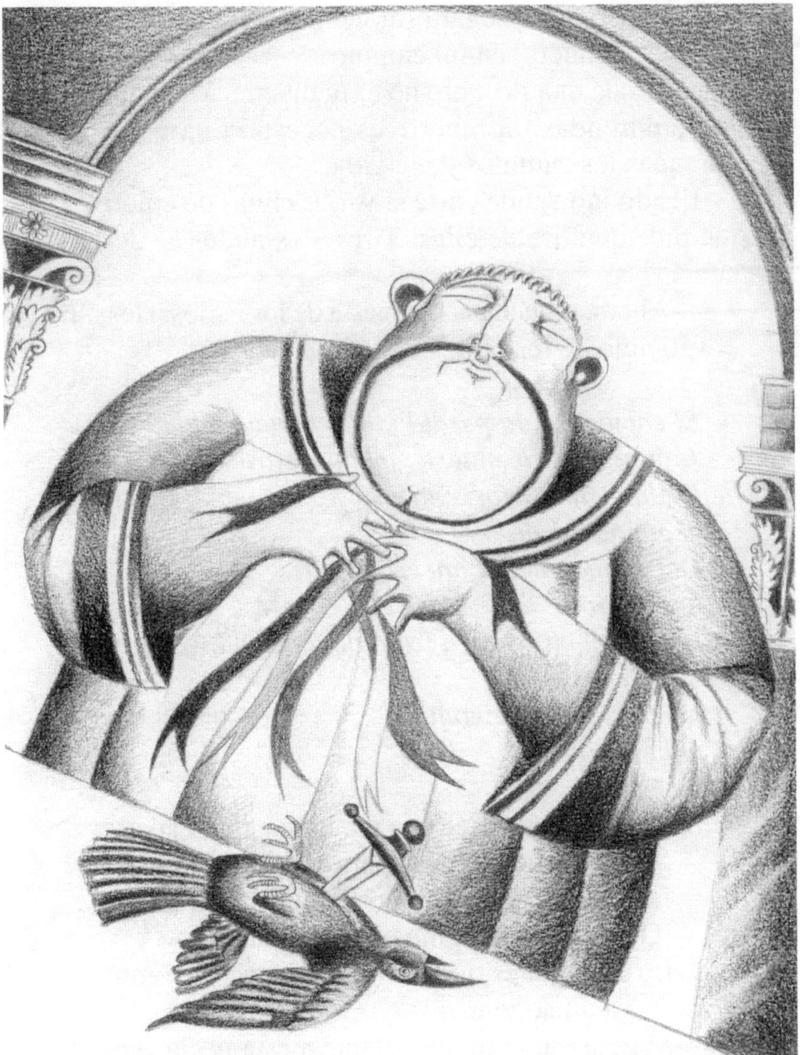

—¿La Hécate segará mi camino? ¿Quieres decir que ves la muerte en mi camino?

—Veo la muerte, pero no es tu muerte. Y aunque no lo comprendas, la muerte es necesaria para que tú aprendas los caminos de la vida.

El adivino anuda entre sí varias cintas de colores y me pide que tire de ellas. Tiro y los nudos se deshacen.

—Ahora, escucha la respuesta de los nudos. He aquí el vaticinio de los nudos. Ésa es tu suerte.

El encuentro, la pérdida, la renuncia, el hallazgo.
Júbilo, lumbre, muerte, metamorfosis.
De la metamorfosis nacerá
el conocimiento.
Del conocimiento nacerá
la elección.
Lo que tú elijas será fruto de ti misma,
y por ello,
aciertes o te equivoques,
te hará libre.

Al llegar a casa, Celonia me llama en un aparte.

—Marcia, tengo nuevas para ti.

—Lo sabíamos —responde Tirana triunfante.

—¡Qué vas a saber, muerta de hambre!

—Lo sabía antes que tú, vieja carraca. Venimos de consultar a un adivino.

—Marcia, quítame de delante a esta necia esclava tuya o le romperé un bastón en la cabeza.

—Venga, Tirana, desaparece.

Tirana no se mueve y Celonia, ofendida, se da media vuelta y entra en la cocina.

Antes de que finalice la mañana, Tirana me trae la noticia. Me pasma esta chica.

—Ha habido un consejo de familia y han hablado de ti.

—¿De mí?

—Van a adoptarte.

—¿Quién?

—Pues ellos, esta familia.

—No lo creo. No soy más que la hija de una de sus libertas.

—Pero el dómine Seneca es tu tutor.

—Porque era el patrono de mi madre.

—¿Y sólo por eso se ocupa de ti?

—Sí, sólo por eso. Los patronos tienen la obligación moral de ocuparse de sus libertos.

—Algo más habrá.

—¿Qué va a haber?

—Pues van a adoptarte, lo sé de buena tinta.

En ese momento Séneca me llama a su despacho.

—¿Lo ves? Seguro que te lo va a decir ahora. Tú hazte la disimulada. Si Celonia se entera de que te lo he largado, me rasga la piel a bastonazos.

Séneca me llama a su despacho y me comunica que han tomado la decisión de adoptarme. Pero no será él quien lo haga. Será su hermano Julio Galio, que en este momento es el procónsul de Ayax.

—Ya hemos escrito a Apio Herculano y se mostró de acuerdo. Simularemos una venta. Apio Herculano te venderá a mi hermano y así saldrás de su patria potestad. Pero la adopción es un acto voluntario y eres tú la que tienes que dar el consentimiento.

Quiero preguntar... Pero no me atrevo. Séneca me intimida.

Se lo comento a Claudia y resulta que ya lo sabe. Dice que para eso me han hecho venir de Sicilia. Lavinia también lo sabe.

—¡Por Júpiter Capitolino! ¿Acaso lo sabe toda Roma?

—Más o menos —se ríen.

—Marcia, refrena tu lengua —Paulina me ha oído—. ¿Cuántas veces he de decirte que no jures? Tienes modales de plebeya.

—Vaya.

No paro de darle vueltas.

—¿Qué maquinas? —me pregunta Claudia—. ¿Qué es lo que te ronda en la cabeza?

—Pues eso, lo de la adopción... Hace unos meses era la hija de un granjero, una plebeya de provincias, como tú dices... Y ahora, de pronto, me adopta una de las familias más importantes del Imperio.

—¿Qué tiene de raro? Es lo normal.

—¿Lo normal?

—Sí, lo normal. La ley de las Doce Tablas prohíbe reconocer al hijo que se tiene con una esclava, pero si a la esclava se le da la libertad y el hijo nace ingenuo, nada impide que su padre lo adopte después. ¿Comprendes? Es la forma que hay en Roma para reconocer a los hijos.

De modo que es verdad... Lo que me rondaba en la

cabeza es verdad. Yo soy una de los suyos, pertenezco a la *gens* Annea, no jurídicamente, pero sí por la sangre, aunque eso a las leyes romanas les tenga sin cuidado. Porque yo he nacido de uno de ellos. Siempre sospeché que era el viejo Lucio quien me había engendrado, pero resulta que quien me adopta es su hermano Julio Galio. ¿Será él mi padre natural?

—¿Qué importancia tiene? —opina Lavinia.

La ceremonia de adopción se celebra en la fecha prevista. Por la mañana vamos al tribunal civil y nos presentamos ante el pretor urbano, para que la sancione. Séneca exhibe el documento por el que Apio me vende a Julio Galio y, en representación del adoptante, sostiene la autoridad de su hermano sobre mi persona. Nadie lo contradice, y el pretor declara que yo, Marcia, pertenezco desde ahora a la *gens* Annea, y que Julio Galio es mi padre.

El pretor entonces me pregunta:

—¿No te opones? ¿Das tu consentimiento?

Y yo respondo, según la antigua fórmula:

—No me opongo y... sí, consiento.

Ya está. Así de fácil.

Por la tarde vamos a la quinta que la familia posee en el Tibur. Están todos los Anneo, y me colman de regalos. Paulina enciende el fuego del hogar y Séneca, tocado con un manto púrpura, oficia ante el altar de los Penates y ruega para que me protejan. Por primera vez participo en los ritos familiares, y Pola Argentaria me obsequia con un espejo con incrustaciones de marfil. Han venido todos los parientes, todos menos uno... ¡Qué curioso! Julio Galio, mi padre, es el único ausente y el único al que no conozco.

Ahora soy Marcia Galia, hija del procónsul de Ayax, y pupila de Séneca, el filósofo. Mi padre me ha donado una quinta en Pompeya y una villa en Tívoli, cercana a la de mi primo, sí, mi primo Lucano. Soy pues una patricia, como Claudia y como Lavinia, y, por si todo esto no bastase, la Fortuna, cuyos dones se derraman abundantes, me depara una invitación inesperada. La ha traído esta mañana un servidor de palacio.

«Nos complacería que Marcia Annea Galia asistiese a la fiesta que, con motivo de los Juegos Neronianos, tendrá lugar en los jardines de Agripa.»

Jamás pensé que asistiría a una fiesta de los príncipes, y mucho menos que recibiría una invitación personal. Claudia y Lavinia, bueno..., pero yo..., yo no soy más que una oscura muchacha llegada de unas islas.

Le pregunto a Pola.

—¿Crees que, si no fuese la hija de Julio Galio, me invitarían igualmente?

—Pues claro que no, querida... Pero para eso te han adoptado. Ya eres tan patricia como Claudia y ahora pueden buscarte un marido adecuado... Deberías estar contenta.

Debería estar contenta... Y lo estoy..., estoy contenta, pero el hecho de llamarme Marcia Galia me sorprende y me abruma al mismo tiempo.

Paulina está encantada con la invitación. Aurelia, no. A Aurelia no le gusta que Claudia frecuente la *Domus* imperial, no le gusta el círculo de los príncipes, y considera impropio de chicas solteras asistir a esta clase de festejos.

—Si el virtuoso Catón o el gran Escipión viesen adónde ha llegado la corrupción de las costumbres, se revolverían en sus tumbas.

—No veo por qué.

—Estos festejos no se han hecho para las doncellas. Una virgen no debe presenciar actos que menoscaben su virtud, ni ofendan su pudor.

—Abuela —se rebela Claudia—, ¿qué hay de malo en que asistamos a los Juegos de la Juventud?

—Os sobrará tiempo. Ya iréis cuando alcancéis la dignidad de matronas. Las fiestas y los bailes están reservados a las matronas.

—Eso era antes.

—Y así debería seguir siendo, pero qué esperar si precisamente el que ha de dar ejemplo corrompe lo que toca.

Y es que Aurelia no puede ver a Nerón ni en pintura

—Ese bastardo.... —masculla entre dientes—. Pensar que Roma está gobernada por semejante monstruo.

Paulina se enfada.

—No digas atrocidades. Alguien podría oírte.

—¡Que me oigan! Todo el mundo sabe que mató a su madre.

—Mujer, no seas insensata, no sé por qué tienes que dar pábulo a habladurías de plebeyos.

—¿De plebeyos? No hay en toda la Urbe un solo patricio que ignore el parricidio. Conozco a Domicio —Aurelia siempre llama Domicio Aenobarbo a Nerón, porque es su verdadero nombre— desde que era pequeño, le he visto crecer... Agripina no vivía más que para ese chico... Era un muchacho amable, delicado, un poeta... Luego se fue corrompiendo, el poder corrompe... Se lo advertí a Agripina, le dije que la ambición acabaría con ella... Vamos, Paulina, sé lo que pasó, sé cómo hizo naufragar el barco en que su madre volvía a casa después de que él la invitase a una cena, y cómo, una vez que la pobre Agripina se salvó nadando hasta la costa, la hizo asesinar por sus esbirros... Lo sé, Paulina, lo sé igual que lo sabe tu marido, y si no, pregúntale, anda, pregúntale a Séneca si te atreves, pregúntale qué sabe de aquella noche aciaga.

Claudia, Tirana y yo nos ponemos cómodas.

Me encantan estas parrafadas. Me encanta escuchar a la abuela de Claudia hablar de estas cosas siniestras y misteriosas... Me muero de ganas por conocer a Nerón, que según Paulina es un príncipe humano y generoso, y según la abuela, un monstruo parricida, que además de matar a su madre, le cortó la cabeza a su primera mujer, que se llamaba Octavia, para poder casarse con Popea... Aurelia gana siempre, consigue que Paulina levante los brazos, impotente... Entonces nosotras rodeamos a Aurelia.

—¿Eras muy amiga de Agripina?

—Íntima.

—¿Por qué dices que la mató la ambición?

—Siempre quiso que su hijo fuese emperador, no se detuvo ante nada, ni siquiera ante el asesinato.

—¿A quién mató?

—A su marido.

—¿Al emperador Claudio?

—Sí.

—¿Cómo?

—Con setas. Lo envenenó con setas.

—¿Y no la castigaron?

—No. Ocultó la muerte hasta que las legiones aclamaron a Domicio como nuevo César. Ya nadie osó abrir la boca... Pero ya veis, tarde o temprano, los crímenes se pagan, y ella recibió el más terrible de los castigos... Su propio hijo hizo que le diesen muerte.

—¡El rayo de Júpiter!

—¡Marciaaaa! —grita Paulina, exasperada—. ¿Cómo te lo tengo que decir? No jures.

Capítulo VIII

Tito Andrónico es el mejor peluquero de la Urbe. Tito Andrónico es el peluquero de Séneca y viene a casa a cortarle el pelo y arreglarle la barba. Es toda una deferencia; Tito Andrónico lo hace por respeto, porque hace muchos años que es su barbero. Pero ahora, Tito Andrónico, que se ha hecho rico rasurando barbas y arreglando cabezas, ha abierto una peluquería a la que acude lo más selecto de la sociedad romana. La peluquería es mixta, hay una sala para hombres y otra para mujeres, y tienes que pedir hora con mucha antelación.

El establecimiento está en los bajos de una *insula* de siete pisos, y Tito vive en el primero. No es una de esas *insulae* de pasillos estrechos y habitaciones como cajas, en las que viven todos apiñados. No. Se trata de un inmueble de sólida construcción, en la plaza del Fagutal, junto a las Carinas, una zona elegante de plebeyos adinerados. Tito Andrónico es uno de esos nuevos ricos que suspiran por codearse con la aristocracia, y piensan que el dinero y la apariencia bastan para satisfacer las necesidades de los seres humanos.

Paulina, Claudia y yo bajamos todas las semanas a peinarnos y a darnos un masaje. Hay una chica judía, Ruth, que hace unos peinados preciosos y que es una experta tal en masajes, que sus dedos son como alas de mariposa posándose en el cuerpo...

Hoy Ruth nos hará peinados especiales y nos maquillará, porque esta noche es la fiesta en los jardines de Agripa, y el propio Tito Andrónico supervisa todos los detalles.

Naturalmente el peluquero ya está al cabo de la calle de los proyectos matrimoniales que hay respecto a Claudia y en seguida aporta su granito de arena.

—*Domina*, ¿habéis reparado en Selenio Galba? Le nombrarán propretor en la próxima curia, acaba de divorciarse y busca esposa. ¿Lo tenéis en la lista?

—¿Cómo sabes tú lo de la lista?

—Tu cuñada Atila estuvo ayer probando unos perfumes. Por cierto, Ruth, trae los perfumes de Alejandría, los que han llegado en la última remesa.

—Mejor haría Atila en no irse de la lengua. Y no traigas los perfumes, Ruth, la semana pasada me llevé cuatro.

—Tienes que probarlos. Son lo más de lo más. Me los quitan de las manos. Atila me ha dicho que tenéis anotado a Plauto Attio... Ni se os ocurra, no es lo que aparenta. Los Attio, mucho coche y mucho siervo exótico, y deudas hasta las cejas. ¡Si lo sabré yo!

—¿Qué es lo que tú no sabes? Tito Andrónico, eres el mayor cotilla de la Urbe.

—El mayor del Imperio, sí, señora. Pero, ¿qué queréis? Las matronas ansían saber, y aquí está Tito Andrónico para servirles en bandeja los chismes más sabrosos.

Me río. Tito se ríe. Todos reímos y Ruth nos pone en el cuello y en las muñecas unas gotas de perfume egipcio.

Ruth me recoge todo el pelo en lo alto de la cabeza y lo enrolla en forma de cono como un *tutulus,* pero Tito dice que tengo una elegancia armónica y que debo dejar caer el cabello suelto por la espalda, para que ondee al caminar.

—Cuando me dijeron que Petronio estaba fascinado contigo, me alarmé. A Petronio no le van las muchachas, ya me entiendes. Pero, claro, Petronio es un esteta y tú tienes un aura especial. A ver, ladea la cabeza... Sí... Ruth, recórtale esas puntas.

—Tito, ¿tú crees que les gustaré?

—¿A quién, mi niña?

—No sé, a la gente.

—Pues claro, pero tú no te ocupes de las féminas, tú tienes que fijarte en los muchachos. Estará allí lo más selecto de lo más. Y fíjate bien en los atletas griegos, qué cuerpos, *puella,* qué cuerpos...

Paulina menea la cabeza en señal de reprobación.

—Vamos, Tito, no le digas esas cosas a la chica, no le llenes la cabeza de pájaros. Irá, saludará, y se comportará con la discreción y el pudor que se espera de una joven.

—De todas formas, *domina* Paulina, la chica está en edad de desposarse, y no me negaréis que la *Domus* es el mejor sitio para buscarle esposo.

—En la *Domus,* últimamente, se buscan otras cosas. El esposo se lo buscará su padre.

—De entre los allegados al príncipe, supongo.

El peluquero sujeta mi pelo con una aguja, se aleja, contempla el peinado, mueve dubitativamente la cabeza y quita la aguja.

—No me gusta, *puella,* te hace demasiado mayor.

—¿Y qué tiene de malo?

—Quiero que te veas deslumbrante. ¿Quieres algún aderezo?

—Quizá una diadema.

—¿De qué color es la banda de la túnica?

—Dorada.

—Entonces amatistas.

Paulina no está convencida, las amatistas están bien pero los zafiros... Precisamente lleva en el bolso de mano unos zafiros para engastar en un broche; los traerá para que me los pruebe.

En cuanto Paulina sale, el peluquero se inclina y susurra al oído de Claudia.

—Tengo un recado para ti. Uno que desea verte... Tú ya sabes.

—Qué voy a saber.

Se inclina más y no logro escuchar lo que le dice, pero Claudia se ha ruborizado.

—Si apenas le conozco.

—Pues me ha dicho que... —de nuevo le bisbisea en el oído.

Paulina vuelve con las joyas. Mientras Tito y ella las examinan, le pregunto a Claudia:

—¿Qué te decía ése?

—Nada, cosas de Tito, que es un chismoso.

—Sí, pero de quién era el recado, quién quiere verte.

—Nadie, un pesado que nos vio en el Foro, ni caso.

Ya me han presentado oficialmente.

El mismo Séneca me llevó de la mano y le dijo al César que yo era su pupila y la hija adoptiva de su hermano.

Paulina no tolera que jure, pero cómo no voy a jurar si el emperador, ¡por Marte!, ya había oído hablar de mi persona.

Nerón se mostró muy afectuoso y le dijo a Séneca que yo era muy bella y que había que preparar mi boda.

La fiesta resultó fastuosa. Todo el parque de Agripa era una luminaria. Popea Sabina apareció muy tarde y, aunque sólo la vi de lejos y ella ni tan siquiera reparó en mi persona, me pareció tan hermosa como la diosa de ojos de novilla.

En la fiesta conocí al tal Selenio Galba. No está mal del todo, para ser un divorciado de cuarenta, pero para compartir la cama... Espero que Lucano se ponga de mi lado cuando le diga a Séneca que, por el momento, me interesa más Lesbos que el matrimonio.

Por fin será Selenio el marido de Claudia. Aurelia estaba indecisa, pero al senador Silio le parece un buen partido y la boda es cosa hecha; en otoño se celebrarán los esponsales y, antes de diciembre, Claudia guardará simbólicamente sus juguetes, cubrirá su cabeza con la cofia anaranjada y se habrá convertido en una mujer casada.

—¿Qué te parece Selenio? —quiere saber Lavinia.

—Para tener cuarenta...

—Nada que hacer al lado del auriga.

—Ya, pero...

—Pues vete echando el ojo, somos las siguientes.

Un tal Lucio Adrenalio se empeña en enseñarme las fuentes.

—Lavinia, le sudan las manos... ¡Qué pringue!

—Pues es amigo de tu tío Mela, así que ándate con tiento.

—Antes muerta.

—¡Mujer!...

—Es un seboso.

Lucio Adrenalio vuelve a la carga. ¡Un plastón! Menos mal que Petronio me rescata.

—Gracias, me estaba dando la noche.

—Ven, tu primo y Nerón van a leer sus poemas, hay gran expectación.

—¿De veras?

—Se acaba de improvisar un certamen. Al que gane le darán la corona de las Musas.

El poema de Lucano es hermosísimo pero Nerón... Nerón recita con la fuerza del caballo que cocea antes de la batalla, y cuando arranca la cítara de manos de uno de los músicos, se hace un silencio de piedra que quiebra únicamente la desgarrada voz, el cuerpo en movimiento...

Lucano, para darle la réplica, improvisa un elogio en hexámetros mayores alabando a las Musas, y es tanta la perfección y el talento con que compone la improvisada oda, que el público estalla en aplausos.

—¡Por los dioses que Lucano no ha debido hacer eso! —exclama Petronio, con gesto de preocupación—. Espero que gane Nerón, de lo contrario...

Pero gana Lucano. Le imponen la corona de las Musas. Lucano, rodeado de mujeres, se contonea, despacio, como un pavo real.

—Recoge tu estola —dice Séneca a mi lado—. Nos vamos.

—¿Tan pronto?

Nerón se aleja con la copa en la mano, ladeado... Ni siquiera felicita a Lucano, se aleja pausado y, al ver la mueca de su rictus, comprendo el porqué de la prisa de Séneca y el porqué del gesto de Petronio.

De regreso Séneca se duele:

—Nerón es un mal perdedor. Lucano no sabe lo que ha hecho.

Capítulo IX

Ya está bien entrada la primavera y los días se alargan.

Desde la noche de la fiesta en los jardines de Agripa veo a mis amigas muy poco. Claudia anda ocupada dando los últimos retoques a su ajuar, o eso al menos es lo que aparenta... Sospecho que son otros los afanes que la retienen apartada de mí, y no puedo por menos de sentirme celosa... En cuanto a Lavinia, no sé lo que le ronda, pero está la mar de rara... Habla poco y está como ensimismada. Ella sabrá.

Tirana me propone una partida de tabas, pero prefiero leer el libro que me ha dejado Lucano. Son poemas de Tibulo, los escribió para su amante Delia.

Recito en alta voz. Me encanta recitar. Le recito a Tirana, que es la que tengo a mano y nunca me protesta.

Por todos los prados florece de olorosas rosas
la bondadosa tierra.
Y un grupo de mozos mezclado al de las frágiles muchachas
brinca y, a veces, en su guerra introduce Amor.

—¡Paulinaa!

Es Aurelia la que llama.

—¿Has visto a Claudia?

—Pues no.

—¡Qué raro! No la encuentro por ninguna parte.

Aurelia no nos ve y Tirana me hace señas.

—¿Qué te pasa? —le pregunto en cuanto Aurelia se va—. ¿No verías otro pez?

—No, pero sé lo que pasa con el ama Claudia.

—¿Y por qué no se lo has dicho a *domina* Aurelia?

—¡Ah, no! Tirana no se mete. Tirana no se busca la ruina. Tirana no quiere que el ama Claudia la odie y la pinche con la horquilla.

—¡Bastaaa!... Tirana, cuando vas de misterio, no te entiendo una palabra.

Mira a todas partes, con precaución.

—Claudia se marcha sobre la hora sexta, y vuelve hacia la nona. Sale por la puerta del huerto y baja por el camino de los Sauces.

—Tirana, no seas mentirosa o seré yo la que te pinche con la horquilla.

De súbito, Tirana apostilla:

—Y la otra también va.

—¿La otra? ¿Quién es la otra?

—Tu amiga Lavinia Plautia.

—¿Lavinia Plautia? ¿Lavinia se va con Claudia?

—No, aquí cada uno anda a lo suyo, cada una por su lado.

Lavinia Plautia... ¿Será posible que también ella...? A Lavinia le gusta Fabio Romano, aunque éste ni la mira... Así que no creo...

—¿Lavinia también se va todas las tardes?

—Eso depende de los peces.

—De los peces... Explícate, Tirana.

—Lavinia sale y mira, y si el pez está, Lavinia lo borra con la sandalia y después se va camino abajo.

—¿Cómo has averiguado tantas cosas?

—Pues... —y diría que Tirana pone ese deje de ironía que yo empleo a veces con ella— vigilando, *domina* Marcia, vigilando.

Y como me llevan los carrizos y ya no tengo sosiego, le leo a Tirana otro poema.

—¡Qué bonito! —exclama Claudia, que acaba de entrar por el portillo del huerto.

—Tu abuela te está buscando —digo como sin darle importancia.

No puede evitar un ligero sobresalto.

—¿Qué le has dicho?

—Nada. Le preguntó a Paulina.

—Tirana, vete y dile que me has encontrado, que estaba aquí, en el bosquecillo... ¿Qué estás leyendo?

—Poemas de Tibulo.

—Tirana, muévete. Dile a la abuela que estoy leyendo poemas.

—Pues le va a dar un síncope.

Me entra una risa... ¡Demonio de chica! Porque a Claudia nadie la ha visto nunca desplegar un rollo de poemas.

Me vienen a la memoria las figuras enmascaradas de Claudia y Fabricio en las Lupercales y las palabras de Lucano. ¿Será posible que...?

Aguardo impaciente, pero Claudia me evita el resto de la tarde y empiezo a maliciar que Tirana no miente y que Claudia no me va a contar nada del asunto.

Por la noche, Tirana aprovecha mientras me desviste.

—Ésa no suelta prenda, pero Tirana dará con el padre de los mirlos. Tirana hará averiguaciones.

—¿Te he pedido yo que averigües algo?

—No. Tú no me lo has pedido, pero Tirana lo averigua porque Tirana, donde pone el ojo, pone la piedra.

Le lanzo una mirada de reojo que pretende ser distante, pero... ¡Por Baco, que espero que así sea!

Claudia viene a sentarse a mi lado en el jardín de Diana, y ambas permanecemos en silencio, escuchando el rumor de las hojas y el monótono caer del agua en la fuente, el agua que brota de la boca del fauno, a los pies de la diosa.

—Recita un poema de esa poetisa griega, la que vivió en Siracusa.

—¿Safo?

—Sí, ésa.

Las estrellas que rodean la hermosa Luna
vuelven a ocultar su faz resplandeciente,
al tiempo que ella con plenitud alumbra
sobre toda la tierra... plateada.

—No hay nada comparable a la amistad, ¿verdad, Marcia?

—Quizá el amor...

—El amor es otra cosa.

—Tú sabrás.

—Marcia, no quería ocultártelo, de veras.

—Pues he tenido que enterarme por Lavinia, y por Lucano.

—¿Lucano?

—Os vimos en las Lupercales. Por cierto, Lucano me ha dicho que cuides tu reputación. No es cosa de que andes en lenguas.

Se levanta.

—Marcia, tienes que ayudarme.

—¿A qué?

—El caso es que Fabricio y yo... Mira, nos hemos estado viendo.

—¿Quieres decir que Fabricio y tú...?

Asiente.

—¡Por...! ¡Estás enamorada! ¿Y dónde os veis? ¿Quién os facilita las citas?

—Tito Andrónico.

—¿El peluquero? No puedo creerlo... Venga.

—Es cierto.

—Claro, ésos eran los recaditos a la oreja... Así que un pesado que nos había visto en el Foro... ¡Desde luego!... Te has vuelto completamente loca... Vas a casarte.

—Me gusta Fabricio. Nos queremos.

Le centellean los ojos, está tan hermosa... Así es como imagino a las heroínas de la épica... Le centellean los ojos y el movimiento apresurado de sus brazos hace que las pulseras tintineen.

—Lavinia y tú tenéis que ayudarme.

—¿Cómo? No creo que seamos capaces de impedir tu boda.

—Cada día resulta más difícil, ya no encuentro excusas. Tenéis que servirme de tapadera.

—De modo que era eso, por un momento creí que había recuperado una amiga.

—Nunca la has perdido —me mira con reproche—. Pero si dos amigas no se ayudan, ¿entonces, qué? Le amo, Marcia, y si no lo comprendes... ¿De qué te sirve leer tanta poesía?

—Vale. Te ayudaré.

—Pues muévete... Aviso a Lavinia y, mientras, le dices a Paulina que quieres tomar un baño caliente. He quedado cerca de las termas.

Capítulo X

Las termas están en su apogeo.

Casi nunca venimos por las tardes, porque aunque en estas termas los baños de mujeres están separados de los de los hombres, Paulina opina que el horario de mañana es más apropiado para una joven. En realidad, al final hoy hemos mentido, y en nuestras casas creen que estamos en las tiendas del Pórtico de Pompeyo, eligiendo sedas para Claudia.

No cabe un alfiler. Es sábado. Y los sábados el ambiente se desplaza a los baños.

En el corredor de acceso a las piscinas, los vendedores ambulantes vocean el precio y las clases de refrigerios que llevan, y las viejas egipcias venden oleaginosos elixires de los que hacen las delicias de Tirana. En una esquina un seudofilósofo improvisa un discurso que deleita a un grupo de ociosos, de ésos a los que Séneca califica de hijos de papá; y de dentro afuera, en un ir y venir constante, pululan los parásitos, los ojos atentos y el oído alerta. A nuestro lado pasa un hombre con el torso desnudo, envuelto tan sólo en la toalla... Y entre tanto griterío, desnudez y olor a cuerpo, empiezo a sentirme incómoda.

Por fortuna, los baños de mujeres no están llenos e inmediatamente pasamos al *caldarius*. Tirana compra jabón de azufre y Citinia, la esclava britana de Claudia, trae toallas. En seguida Tirana me desnuda y se empeña en untarme con uno de esos pegajosos aceites de aroma penetrante que ha comprado en la entrada. Resbala que da gloria... ¡Delicioso! A pesar del intenso olor que desprende, deja la piel suave y lubricada... Nos sumergimos en la piscina caliente y jugamos en el agua. Claudia me enjabona la espalda y yo enjabono la de Lavinia. Al cabo de un rato, Claudia se queja del vapor y dice que se va al *cella frigidaria*. Lavinia y yo preferimos quedarnos. Sí, ya sé que el agua fría tonifica, nada mejor para cerrar los poros; pero detesto meterme en esas piscinas de agua tan helada que te corta hasta el aliento.

En cuanto nos quedamos a solas, le espeto a Lavinia:

—¿Sabes? Alguien dibuja peces en el camino de los Sauces, delante de las puertas de las casas.

—¡No me digas!

—Pues sí... Y aunque lo borres, el pez vuelve a estar ahí al otro día.

—¡Qué curioso!

—¡Oh, sí!, muy curioso.

Se pone a cantar y eso ya me saca completamente de mis casillas. ¿Acaso se cree que soy tonta?

—Lavinia Plautia, te he visto borrar el pez con tu sandalia. Y también he visto cómo desapareces.

Me mira boquiabierta.

—¿Vas a contármelo o qué?

—¿Contar? No sé de qué me hablas.

—¿Me tomas por idiota?

—¿Yo?

—Alguien se comunica contigo por medio de los dibujos, y tú acudes a la cita. No me negarás que el pez es una cita.

Se queda callada, muy callada. Sale de la piscina y despide con un gesto a la esclava que se acerca con la toalla.

—Marcia, no se lo digas a nadie... Y no te enfades, pero no puedo contártelo.

—Creía que éramos amigas.

—Y lo somos.

—Las amigas se cuentan sus secretos.

Duda unos momentos.

—No puedo, Marcia. Si dependiese de mí... Pero no me atañe a mí únicamente... De verdad, no puedo desvelarlo... Pero algún día... ¡Oh, Marcia!, serás la primera en saberlo... ¿Puedo confiar en que mantendrás la boca cerrada?

—Por lo que a mí respecta... Puedes estar tranquila. No soy una chismosa.

Entre otras cosas, pienso para mí, porque no sé nada, nada en absoluto, pero, ¡por Venus!, pienso averiguarlo. Lo averiguaré mal que le pese a Lavinia, porque yo tengo a Tirana y Tirana es la mejor espía del Imperio.

Fabricio aparece en el punto convenido en compañía de otro pretoriano y nos saluda con gesto de sorpresa para despistar a las esclavas.

—Las doncellas más hermosas de la Urbe... ¿Adónde vais?

—A casa —responde Claudia con naturalidad pasmosa y aplastante—. Venimos de las termas.

—¡Qué casualidad! Llevamos casi el mismo camino, el Aventino nos viene a mano. Si no os molesta que os acompañemos...

—Mira tú por dónde —suelto sin poder contenerme.

Se pone a nuestra altura y nos presenta al pretoriano.

—Éste es Josué, mi asistente.

Me doy cuenta de que el tal Josué tiene menor graduación, se lo noto en las insignias. Josué, discretamente, se distancia unos pasos.

Fabricio nos cuenta muchas cosas. Lo cierto es que es enormemente atractivo. No me extraña que Claudia... Nos cuenta que su padre reside en la Campania, que él lleva cuatro años en los pretorianos, y que vive en Castra Pretoria, el cuartel de la guardia pretoriana.

—¿Y eso por qué? ¿Es que no puedes vivir en tu casa?

—No. Estoy al mando de la LI cohorte, que es la que se ocupa de los distritos del oeste, y he de supervisarlo todo. Roma pasa del millón y medio de habitantes, eso sin contar los que no son residentes; esa población flotante que entra y sale de continuo... Mantener el orden es fruto de una atención constante, siempre alerta... Apenas dispongo de tiempo para los caballos, he tenido que suspender los entrenamientos, y no sé si podré correr la carrera de octubre.

—¿Y ese asistente tuyo? ¿En qué te asiste? ¿Siempre va contigo?

—Casi siempre. Josué lleva y trae las órdenes, se ocupa de que todo lo mío esté a punto; sin él no podría arreglármelas.

—Tiene un nombre judío —dice Lavinia.

—Es judío. Su padre es el rabino de la comunidad del Trastévere.

—Un pretoriano judío... Nunca lo había oído.

—Entre los pretorianos hay de todo... Los hay galos, hispanos, quiero decir de origen, pero todos tienen la ciudadanía. Josué es judío pero es ciudadano romano. Bueno, no es nada raro. Marcia es romana y nació en Sicilia.

—Ahí te equivocas —me revuelvo—. Yo, para que lo sepas, nací en Roma, en el Tibur, en la villa de los Anneo; lo de Sicilia vino después y no es de tu incumbencia.

—Vale, vale, princesa..., pero no te enojes que te pones muy fea.

—Dejadlo ya —dice Claudia, que se parte de risa, y Lavinia también ríe a carcajadas, y Fabricio no se quiere reír pero se le nota que está a punto de hacerlo, y yo me pongo colorada y me crece la ira, y hasta me parece que el tal Josué me mira de reojo.

Y como no les puedo retorcer el pescuezo, y ya me están cargando, escupo en el suelo como hace Tirana para ahuyentar el mal de ojo y, muy digna, doy media vuelta y me interno en el Foro Boario, mientras ellos suben la empedrada cuesta del *Clivus Publicus* que lleva al Aventino.

Ya estoy arrepentida de mi arrebato, aunque los odio muchísimo, cuando la mano de Fabricio se posa en mi brazo.

—Princesa, no quise ofenderte. Claudia me ha dicho lo de tu adopción, no sabía nada... Perdona.

—¿Y las otras?

—Esperándote..., te aguardan en el templo de Ceres... No pensarías que te íbamos a dejar... Anda, ven.

No le contesto, pero me dejo llevar. Él no me suelta y, aunque me hago la mustia para mantener la figura, no quiero que me suelte... Su mano es tan fuerte, y tan cálida...

Las dos buenas piezas de mis amigas, tan campantes, repanchigadas en las escaleras del templo, dándole bien al pico con Josué y las esclavas.

En cuanto avistamos las casas, se despiden. No sería prudente ir más allá. Si nos viesen llegar con dos pretorianos...

Llamo a la puerta altiva, sin dirigirles la palabra.

—¡Oye, niña! —porfía Lavinia—, parece que estás de luna.

—¡Que te coma un castrón!

—Vaya modales...

Claudia no dice nada y eso me exaspera. Cuando ya estoy entrando en las *fauces,* y antes de que Tirana cierre la puerta, la llamo.

—¡Claudia!

—¿Qué?

—Pienso hacer votos para que ése no corra la carrera de octubre. Espero que no corra nunca jamás, así ganaremos los verdes. Yo soy de los verdes, y todos los azules, incluido tu Fabricio, no son más que una panda de raquíticos. Hasta la vista.

Capítulo XI

Es Petronio quien me instruye sobre los peces. Lo que son las cosas.

Ya tenía puesta en acción a Tirana, y Tirana ya se había hecho amiga de los porteadores de la litera de Lavinia, y ya sabíamos que la dejaban en la plaza del Vulcanal, en la tienda de un judío que vendía espejos y clepsidras; y a estas alturas, también sabíamos que pasaba allí mucho tiempo, como si fuese a comprar todos los espejos de la tienda, tanto que a los porteadores les daba tiempo a echar un partido de llave, y que, mientras ella estaba dentro, llegaban más personas y ninguno salía, y al fin, salían de uno en uno. Teníamos proyectado que Tirana se dejase caer por el establecimiento a ver relojes, así, como quien no quiere la cosa, coincidiendo... Pero no hizo falta porque Petronio, sin saberlo, me dio la clave del asunto.

Como cada viernes, Petronio llega cargado de regalos.

—¿Cómo está mi pequeña alondra? —y derrama sobre mi cabeza una loción de esencia de nardo.

Petronio tiene uno de esos días locuaces y nos pone al tanto de los últimos chismes de la *Domus*. Séneca quiere saber cuánto gana Sonfonio Tigelino. Séneca, muy filósofo y muy estoico, pero siempre preocupado por el dinero. Y Lucano quiere saber por qué Nerón no lo invitó a la botadura de un barco.

Petronio le dice a Lucano que se ande con ojo, que le están haciendo la cama, y no puede complacer a Séneca porque no tiene ni idea del sueldo del prefecto.

—Tigelino anda muy ocupado en el sector judío, por culpa de ese grupúsculo. ¿Cómo les llaman? Ah, sí, nazarenos..., una secta extraña que predica una nueva y oscura religión.

—Nazarenos... Mi hermano Julio Galio me escribió sobre ellos, parece que practican una filosofía que no se aleja mucho del estoicismo.

—Sí y no. De cualquier forma arman mucho revuelo, con esas predicciones agoreras de que se acabará el mundo y ese profeta muerto al que han divinizado.

—En eso —interviene Lucano— no difieren de nosotros, que hemos divinizado a Augusto y al propio Claudio, y eso que era imbécil. Es más, Nerón está pensando en hacerse consagrar un templo.

—Mi hermano me escribió que se hacían llamar cristianos.

—Tiene su explicación. A ese profeta suyo le dan el nombre de Cristo. Se creía hijo de un dios, y ellos aseguran que resucitó de entre los muertos. Figuraos, un tipo crucificado y lanceado...

—¿Lo crucificaron en tiempos de Tiberio, no?

—Sí. El procurador de Judea, un tal Poncio Pilatos, se las vio y se las deseó para que el asunto no se le fuese de las manos.

—Tienen una moral muy peculiar —continúa Petronio— que les impuso ese..., bueno, llamémosle dios.

—Los dioses —Séneca apoya el mentón sobre la mano, con aire pensativo— tienen poco que ver con la moral.

—Tú lo has dicho, y a mi entender, esto es lo que les hace peligrosos; porque un dios que regula la conducta de los hombres, ¿a qué crees que puede conducir?

—Y aún hay más —prosigue Lucano—. Los tales cristianos igualan a los esclavos con los hombres libres, y predican el perdón y hasta el amor a los enemigos. Si fuese así, ¿dónde radicaría la esencia del poder?

—Los propios judíos abominan de estos cristianos, son los de su misma raza los más empeñados en que se les ponga fuera de la ley. Y no tardará mucho. Por lo pronto el César los ha declarado sospechosos de traición y les ha prohibido celebrar sus ritos.

—No me gusta —tercia Séneca—. Los romanos nunca hemos prohibido ningún culto. Es ilícito atentar contra las creencias.

—No será fácil acabar con ellos. Se mueven en la sombra y se esconden en lugares secretos. Pero Tigelino ya ha averiguado la forma en que se dan a conocer los unos a los otros. Se identifican dibujando unas veces un pan y otras un pez.

—¿Un pez? —no puedo reprimirme.

—Curioso, ¿no? Es un anagrama. Toman la palabra «pez» en griego y de las iniciales sacan algo como «Jesús Salvador» o algo parecido... También tiene que ver con sus ritos. Celebran una especie de misterio en el que comen y beben, y los panes y los peces simbolizan algo... Bien, hay quien dice que sacrifican niños y que les beben la sangre, pero claro, eso son inventos.

¡No es posible!

Me resisto a creerlo. Me resisto a creer que Lavinia Plautia tenga algo que ver con una secta de magos resucitados. Eso está bien para los judíos, con su dios único, sus profetas, y esos extraños templos sin estatuas que se llaman sinagogas, pero una chica patricia, prima de la propia emperatriz... A ver si Tirana va a tener razón y la cola del cometa nos está enloqueciendo a todos.

Capítulo XII

Claudia Acté cumplió. Poco después de las Lupercales me hizo llegar una misiva para que fuese a visitar a Marcelo, el director de la biblioteca de los Éculos. Ignoro lo que ellos trataron, pero Marcelo me aceptó, y creo que, aunque no lo confiese por no dar su brazo a torcer en lo tocante a las mujeres, está satisfecho de mis progresos.

Paso la tarde trabajando en la biblioteca, clasificando los cantos de la *Eneida* y consultando archivos. Me entretengo tanto que no me doy cuenta de lo avanzado de la hora hasta que la escasez de luz me hace ver borrosas las letras. Como está prohibido encender lámparas para evitar incendios, dejo los archivos para la mañana siguiente. Las horas pasan tan rápidas entre los buenos libros...

Estoy cansada. Para colmo, a esta hora ya circulan los primeros coches y el tráfico es tan denso, que la litera tiene que parar a cada paso. En algunas zonas, debido a la estrechez de las callejas y a la afluencia de gente que vagabundea o mata el tiempo platicando en las esquinas, apenas conseguimos avanzar, y los esclavos tienen que ponerse delante gritando «paso, paso» y apartando a codazos a la gente. Tardamos más en recorrer el trayecto que lleva desde los Éculos al Aventino, que en ir desde Roma a Preneste. Tiene razón Aurelia cuando asegura que transitar por esta ciudad es peor que una singladura borrascosa.

Llego tan agotada, que le pido a Celonia un caldo bien caliente y le ordeno a Tirana que me abra el lecho.

—¿No salimos al jardín?

—Esta noche no. Voy a acostarme.

—No puede ser. Tenemos que ir al jardín de los Silio. Claudia te espera.

—La veré mañana.

Pero Tirana se muestra empecinada.

—Mañana no. Hoy, hay novedades.

—¿Qué clase de novedades?

—Los peces.

—¡Ah, no, Tirana! Esta noche no. Ni aunque se tratase de un acuario entero.

—Pues Claudia ha dicho que fueses en cuanto llegases.

Tal vez Claudia tenga algún problema. Bueno, problemas los tiene todos: se aproxima la fecha de sus esponsales y no deja de verse con Fabricio; antes era una vez por semana, ahora cada dos días.

—Iré en un salto; tú vete abriendo la cama.

Cruzo hacia la casa de los Silio. Tirana, haciendo caso omiso, me sigue.

No me da tiempo a gritarle porque Claudia, llevándose el índice a la boca, me indica que me calle.

—No hagáis ruido.

—No me digas que Aurelia ha descubierto nuestras artimañas. Preferiría que me privasen del agua y del fuego.

—Que no, mujer, no se trata de mí. Son los Plautio.

El muro del huerto de Claudia es medianero con el de los Plautio, la familia de Lavinia. Si te pegas al muro, puedes atisbar lo que sucede al otro lado, y en uno de los extremos hay un hueco por el que se ve el peristilo. Claudia aparta unas ramas que cubren la oquedad.

—Mira.

En casa de los Plautio hay un movimiento inusitado.

A través de las ramas puedo comprobarlo. El peristilo está lleno de gente.

—¿Dan una fiesta?

—No, no. Fíjate bien en la gente. No son la clase de personas que invitarías, no hay nadie de los que tratan con los Plautio. Fíjate, fíjate lo que ahí hay.

Observo y quedo desconcertada.

El grupo es ciertamente numeroso, heterogéneo y raro, sobre todo raro... Judíos de ésos del gorrito en la cabeza, otros con pinta de galos, los inconfundibles egipcios, esclavos... Ni un conocido... Miento, al fondo, el viejo senador Putilus y el tribuno Selvio.

—¡Por Juno! Parece un baile de disfraces. ¿Qué significa?

—Ni idea.

—Son los de los peces —afirma rotunda Tirana.

—¿De qué habláis?

—Cristianos —ya no me cabe duda—. Son nazarenos y van a celebrar uno de sus encuentros.

De pronto aparece en el pórtico el senador Arrio Plautio, acompañado de un hombre de baja estatura y tez cetrina. A una señal del senador, todos callan.

—Hermanos —podemos oírlo, perfectamente—, Pablo está con nosotros.

El hombre bajo se adelanta hasta el ara de mármol, consagrada a los lares familiares, y dice:

—La paz del Señor sea con vosotros.

Claudia me da un codazo.

—Allá, en el extremo..., ¡Lavinia!

—¡La copa de Baco! Si está sentada en el suelo, entre los esclavos.

El hombre, al que Arrio Plautio ha dado el nombre de Pablo, prosigue:

—Desde Jerusalén, cuando yo aún era Saulo de Tarso y perseguía a los suyos encarnizadamente, Él me condujo a salvo hasta la provincia de Siria, y el relámpago divino me tocó en el camino a Damasco. El fulgor me privó de la vista. Y en medio de la total oscuridad yo vi la luz. Vi la luz dentro de mí mismo. Y el resplandor guió mi ceguera, y de mis ojos ciegos brotó la claridad sagrada que guiaría a otros. Y comprendí. Comprendí y me llamé Pablo, el apóstol de los gentiles.

Su voz es persuasiva.

—Yo, Pablo, apóstol de Cristo, elegido entre muchos para predicar la fe a los gentiles, he sufrido azotes, prisión y naufragio, pero Aquel que me envió a vosotros quiso que yo no pereciese, a fin de que la luz os fuese transmitida. Y el Señor dijo: «Yo soy la luz, la verdad y la vida, y aquel que cree en mí no perecerá...» Y ahora, hermanos, cogeos de las manos, inclinad las cabezas y recibid en vosotros la Palabra Eterna.

Al término de las palabras del predicador, los Plautio se dirigen al *impluvium,* y un esclavo le da al predicador un ánfora que ha llenado con agua de la fuente. Entonces los Plautio, padre, madre e hija, cogidos de las manos, se meten descalzos dentro del estanque, y el predicador vierte el contenido del ánfora sobre sus cabezas.

—Yo os bautizo en nombre del Ungido, perdonados os son vuestros pecados. Recibid en esta agua el don de la Divina Gracia, para que un día, como Él, podáis resucitar de entre los muertos. Amén.

—Amén —repite un coro de voces unánimes.

A continuación llegan varios siervos con cestos y reparten pan, queso, dulces... Y todos comparten las viandas.

Cuando termina el ágape, la asamblea se levanta, y en pequeños grupos van abandonando el peristilo y saliendo por las diferentes puertas de la casa, y cada uno besa en las mejillas al que tiene al lado, sin importarle si es joven o viejo, griego o judío, libre o esclavo.

¡No doy crédito!

Capítulo XIII

Tirana tiene que sacudirme para despertarme.

Abro y cierro los ojos varias veces... Imágenes superpuestas, sonidos confusos, engañosas formas, panes y peces diluidos en agua. Agua que se derrama sobre las cabezas. Sombras en la noche. Palabras...

Al levantarme creo que todo ha sido un sueño, que jamás he visto lo que he visto en casa de Lavinia, y que nunca hemos espiado entre las ramas. Mientras desayuno el pan untado con aceite y ajo del *ientaculum,* voy tomando conciencia de que lo que vimos fue real.

—¡Tiranaaa!

—¡Voyyy!

—Respecto a lo de anoche...

—¿Sí?

—Recuerda que eres muda.

—Muda como una piedra muda. Tirana se dejaría torturar y seguiría siendo muda... Por cierto, Claudia vino a buscarte... Como no despertabas, ha dejado recado de que te espera en la peluquería.

—¿Tan temprano? No creo que a Paulina le guste que salga a estas horas.

—El ama Paulina no está. Ella y *domina* Aurelia fueron a casa de tu tía Atila. Pues si no..., a buenas horas... Pero como no están, pues Claudia se ha escabullido..., ya sabes... ¡Ah!, y no se ha llevado con ella a ninguna esclava. No se fía, y hace bien, porque *domina* Aurelia siempre les pregunta a las esclavas, y hay una..., esa poquita cosa que compró el senador Silio en Britania, Cintinia... Ésa se va de la lengua en cuanto...

—Tiranaaa, corta. Me mareas.

Tito Andrónico despliega una gama de productos novedosos que, según él, revolucionarán el mundo de la cosmética: cremas limpiadoras, ungüentos para blanquear las manos, agua de lirio y loción de violetas de exquisita fragancia para la nuca y el cuello, que son lugares estratégicos, tierra de Egipto para la tez, carbón para agrandar los ojos, hierbas de Germania para cambiar cuando te apetezca el color de los cabellos, laca para endurecer las uñas, una bola de ceniza a la que llama *sapo* para volverte rubia... Me tiene agotada.

—Repara en estos zarcillos, te irían perfectos.

—Tito, ¿dónde está Claudia?

—En seguida vendrá, *puella.*

—Pero, ¿dónde está?

—Querida, tienes los poros tremendamente abiertos... Y esos puntos negros, una calamidad... ¿Es que no te pones crema para dormir? Si no te cuidas, serás vieja antes de parir tu primer hijo. Luego vendrás a que Tito te repare, y Tito no es un demiurgo... Te aplicaré vapor y Ruth te hará una buena limpieza, la necesitas.

—Tito, te vas a meter en un lío... Nos vamos a meter todos... ¿Es que no te preocupa?

—Cariño, si me preocupase de esas menudencias, mis clientas se buscarían otro peluquero. Anda, relájate, y no te metas entre dos que se quieren...

Me he convertido en *leno,* o debería decir mejor en *lena,* el caso es que soy la alcahueta mayor al oeste de la Urbe. No hago más que ir y venir, concertando citas y llevando recados. Y pasear por las tiendas... De los Pórticos al Foro, de los templos a las termas... Eso, y frecuentar la peluquería, para que, mientras Ruth me despelleja viva, Claudia suba al *cenaculum,* donde Tito tiene su vivienda... Vivo sobresaltada, y para colmo está lo de Lavinia.

Lavinia Plautia, en medio de esos tipos extraños... Lavinia Plautia metida en una secta.

De regreso, Claudia dice:

—Creo que deberíamos hablar con Lavinia, decirle que no nos importa que sea una de esas... ¿Cómo las llaman?

—Cristianas.

—Marcia, no sé... Si quieres no se lo decimos.

—Claro que se lo decimos, tiene que saber que somos sus amigas.

En ese momento, cómo no, Fabricio surge de entre las paredes.

—¡Por *Mater Matra!* Pero, Claudia, ¿es que nunca tenéis suficiente? Tenemos que estar en casa antes de que regresen las matronas.

—Pero si estamos llegando.... No pasa nada, Marcia.

—¡Y un cuerno!

Fabricio se pone a nuestra altura.

—¿De qué habláis?

—De nada.

Entonces Claudia tiene un arranque:

—Marcia, deberíamos contarle lo de anoche.

—Pues —estoy cortada— no sé si...

—Vamos, Marcia. Fabricio es de confianza.

—Naturalmente que soy de confiaza —me sonríe y me pongo completamente roja; él se da cuenta y alarga la mano hasta tocar mi pelo—. Si tenéis que hablar de vuestras cosas, vale, yo me voy, no quiero que te inquietes por mí. Sólo quiero que sepas que nunca le fallaré a Claudia y tampoco a ti.

Tiene la voz ronca, desgarrada... y al mismo tiempo firme. Y, no obstante, en su rostro hay una sombra de desamparo. Y en ese momento comprendo que, si yo fuese Claudia..., si yo fuese Claudia, le amaría.

—No es nada, de veras.

Pero Claudia se lo cuenta sin omitir detalle, y a medida que avanza en el relato, el rostro de Fabricio se va tornando serio.

—Si es así, tengo que deciros que los Plautio se han metido en un asunto turbio, turbio y peligroso. Los cristianos están casi fuera de la ley... Debéis decirle a Lavinia que no se mezcle con esa gente.

—¿Que no se mezcle?... ¡Cómo no se va a mezclar si es uno de ellos! No sólo participan en los ritos, sino que los celebran en su propia casa.

—Entonces, mantened la boca cerrada. Si esto se sabe, los Plautio quedarán deshonrados. No comprendo cómo un senador... De cualquier manera, hablad con Lavinia; no creo que sepa el alcance de lo que están haciendo.

—Tampoco es para tanto —protesto—. No pasa de ser una cuestión religiosa. Si los Plautio quieren oficiar a un dios judío, ¿a quién le incumbe? Y no creo que a los dioses romanos, que por otra parte son griegos y fenicios, les importe tener en la nómina divina un nuevo compañero.

—Los cristianos hablan en contra de la moral romana.

—Séneca también.

—No les gustan nuestras costumbres, para ellos todo está corrompido en el Imperio.

—Fabricio, por favor... Me parece estar oyendo a Séneca. A ver si va a resultar que son estoicos.

—No es broma. Tigelino asegura que se trata de una superstición malsana y está decidido a cortarla de raíz.

—Tigelino, siempre Tigelino.

A la altura del templo de Mercurio, Fabricio se despide y nosotras apresuramos el paso para entrar por el portillo excusado, pero la fortuna no está de nuestra parte y, delante de la casa, Paulina y Aurelia, plantadas como dos cariátides, nos están esperando.

—¡Ay, Claudia! Me parece que se han abierto las puertas del infierno. Mira sus caras.

Claudia, temblorosa, aprieta mi mano y nos acercamos sabiendo que algo desastroso se cierne amenazante.

—¿De dónde venís?

—De la peluquería. Tito mandó recado de que bajásemos para que Claudia se probase un postizo.

—¿Por qué no os llevasteis vuestras esclavas?

—Llevamos a Tirana.

—Tirana... Vaya una garantía.

No están enteradas. No saben lo de Claudia. Doy gracias a Vesta y prometo ir al templo a llevarle una hogaza.

—¿Por qué no habéis pedido una litera? —insiste Paulina—. No está bien que unas muchachas deambulen solas por las calles.

—No hemos deambulado, hemos venido derechas... Y además, no hemos venido solas. Fabricio Roscio, que es tribuno de una cohorte, nos ha acompañado.

Esto lo digo jugándome el pellejo, porque he leído en Tito Livio que la táctica ofensiva es la mejor de las defensas.

Entoces Paulina exclama arrebatada:

—¡Roscio! ¿Fabricio Roscio, el que corre en los azules, el auriga...? Oí que se veía con Lavinia Plautia, me aseguraron que los habían visto juntos en las Lupercales, y que ella iba con la cara tapada.

Miro de refilón a Claudia, que está lívida.

—Interrogué a Lavinia antes de que llegase a oídos de su madre y me lo negó. La creí. Esa chica nunca ha dado motivos... Ya no sé qué pensar.

—¿Lavinia? ¿Lavinia y Fabricio? ¡Qué disparate! Es mentira, Paulina. ¿Cómo puedes dar pábulo a chismes de esa especie?

—Claudia —Aurelia la mira fijamente—, ¿sabes tú algo de eso que Marcia llama un chisme?

—Pues claro que no... Lavinia no se ve con nadie.

—Entonces, ¿de qué conocéis a ese joven? ¿Por qué estabais en su compañía? Espero que tengáis una explicación convincente.

—No hay nada que explicar —me apresuro antes de que el azoramiento de Claudia la traicione—. A Fabricio Roscio nos lo presentó Lucano, son amigos... Hemos coincidido alguna vez con él, pero nada más. Hoy nos lo hemos encontrado y, como veníamos solas, se ha brindado gentilmente a acompañarnos.... No entiendo a qué viene este revuelo, ni qué pasa con Lavinia.

—Pasa —dice Aurelia muy despacio— que Lavinia se deja ver en extrañas compañías, y pasa que vuestra amiga anda en lenguas.

—Será por otra cosa —Claudia empieza a recobrar su aplomo.

—Bien, no os queremos en la calle a todas horas. Lavinia es hija de Pomponia y a Pomponia le incube ocuparse de su hija, pero a vosotras os queremos recogidas.

Aurelia nos lleva a un aparte.

—A mí no me engañáis, yo soy perra vieja... En cuanto a ese joven, el auriga... No sé lo que sucede aquí, ni quiero saberlo, pero tentaos la ropa, muchachas, porque lo que a un hombre se le alaba, no se perdona en una chica, y si tenéis algo que esconder, más vale que lo sepultéis y le echéis tierra por encima, como hemos hecho todas. Y haced vuestros cofres. Mañana nos vamos a la Quinta.

No puedo conciliar el sueño. A mis pies, Tirana ronronea y masculla que la culpa es del cometa. El cometa ya no se ve, pero astros aparte, nos hemos metido en un buen lío. Algo me avisaba de que tantas idas y venidas nos iban a traer problemas.

Por la mañana Claudia me espera, más muerta que viva.

—Tengo que avisar a Fabricio.

—Ni lo sueñes, el horno no está para bollos.

—Al menos no lo saben, creen que es Lavinia quien se ve con Fabricio...

—Claudia, lo de Fabricio ha reventado. Lucano tenía razón, era sólo cuestión de días... Tarde o temprano Selenio acabará enterándose y tu padre...

—Mi padre me mataría.

—Si estás dispuesta a todo, cuéntaselo a Aurelia.

—¿A la abuela? Ya la has oído... Vete a saber a lo que ella renunciaría... Además, no estoy dispuesta a todo.

—No te entiendo.

—Verás, Fabricio es maravilloso y le quiero... Pero estoy prometida a Selenio Galba, mi familia ha dado su palabra... Nadie me miraría bien si rompiese el compromiso... Además, Selenio es rico, tiene posición... Con Selenio tendré una buena vida, será un buen marido...

—Y nunca le amarás.

—La abuela dice que el amor surge de la convivencia, que la costumbre acerca a los esposos.

—La convivencia..., la costumbre... Eso es lo que nos enseñan, lo que quieren que creamos. ¿Recuerdas los poemas de Safo?

—Los poemas son sólo poemas.

—Y el matrimonio es sólo el matrimonio. Bien, allá tú, es tu vida.

—¿Podrás ir?

—Pondré el pretexto de la biblioteca, ayer dejé un trabajo a medias... Y es correcto que me despida de Marcelo... ¿Qué quieres que haga?

—Que le digas que nos vamos a la Quinta, pero que encontraré una excusa para venir alguna tarde, que yo le avisaré.

—Pero no decías que...

—Será la última cita. Para decirle adios, pero eso, claro, tú no se lo digas.

—Claro.

Fabricio se muestra consternado.

—He hablado con mi padre y está dispuesto a hablar con el senador Silio, tienen amigos en común... Dile a Claudia que la haré mi esposa, aunque para ello tenga que intervenir Tigelino... El prefecto es el brazo derecho del César, y si es preciso, buscaré el modo de que sea Nerón el que presente al senador mi petición. Silio no podrá negarse, nadie rehúsa una petición del príncipe.

Siento el impulso de gritarle que la olvide. De decirle que Claudia jamás compartirá su vida, que él no puede ofrecer a Claudia lo que ella ambiciona.

Y siento envidia. Siento envidia de Claudia..., y celos... No quiero admitirlo, pero los celos me envenenan.

Envidio a Claudia. La envidio por el brillo de los ojos de Fabricio, por la llama de pasión que le arde en la boca al pronunciar su nombre...

Antes del amanecer, Tirana ha preparado las tablas de cera y, tal como le pedí, también ha dejado a mi disposición rollos y cálamos. Porque hoy, al fin, me siento con fuerzas.

Hace días que acabé de escribir el relato del primer año que pasé en Roma; lo he ido copiando despaciosamente en el cuaderno. Ha sido tarea grata, porque fue el relato de venturosos días. Empleé una lengua coloquial pues anhelaba recobrar el tiempo, esa línea huidiza que se desvanece y nunca se aprisiona. Pero el tiempo, que no existe, puede fijarse en la escritura. Y en aquel tiempo...

En aquel tiempo nosotras éramos frescas y espontáneas.

Fui feliz de nuevo a medida que escribía.

Sí, fui feliz de nuevo, si se puede llamar felicidad a la memoria que invoca el pasado. Pero, ¿qué hacer cuando la breve ventura deja paso a la amargura? Cuando el divertimento se transforma en elegía..., la propia memoria se resiste.

Ayer el Etna vomitó. Tirana dice que los dioses están reclamando un sacrificio.

Bandadas de pájaros oscurecen el cielo y en seguida el fulgor del relámpago cegará la Montaña Sagrada. ¿Dónde estará la luz que ilumina el camino? Esa luz que hizo a Saulo de Tarso mirar dentro de sí mismo. Esa luz de la que hablaba Lavinia...

Quizá yo pueda oficiar a los dioses el sacrificio que reclaman. Uno a uno fueron inmolados, uno a uno jugaron su papel en el drama, y el tiempo de la muerte se confundió en la sublimidad de la tragedia.

La Aurora posa sus rosáceos dedos allende el mar, proyectando la misma luz que bañaba el Janículo en los claros amaneceres del estío romano..., menos aquel día... Aquel día de fuego y desesperación.

LIBRO II

(año 817 de la Urbe // 64 d. C.)

En el reinado de Tiberio Claudio Nerón,
siendo cónsules Cayo Lecano y Mario Licinio.

Capítulo I

Según me contaron, el pretoriano Josué, asistente del tribuno Roscio, se despertó empapado en un sudor pegajoso y se llevó a los labios el cántaro, para mitigar la sed. El agua estaba tibia, igual que el aire. A Josué le costó respirar y, a tientas, se dirigió a la puerta y la abrió de golpe. Entonces vio las lenguas amarillas trepando por los árboles y vio el humo, que avanzaba inexorablemente.

—¿Cómo ha empezado este infierno? —preguntó Lúculo, el Galo, cubriéndose la cara con un trapo mojado.

Josué no lo sabía. Nadie lo sabía. Ni siquiera los vigilantes que habían hecho el turno de guardia. Uno apuntaba que el incendio se había iniciado en un granero; otro, que había sido en un almacén de aceite. El caso era que, al amanecer, todas las tiendas de los alrededores del Circo Máximo ardían.

Josué engrosó la larga fila de los que pasaban cubos

de agua, oyendo el chisporrotear de la madera que se resquebrajaba. El tribuno Fabricio Roscio, al mando de la LI cohorte, ordenó construir cortafuegos con barricadas entre las miles de pavesas que se metían en los ojos de todos.

Luego todo fue confusión.

Del Tíber soplaba un viento caliente.

Así fue al menos cómo me lo contaron, porque cuando empezó el incendio yo me hallaba fuera de la Urbe.

Cuando empezó el incendio, yo estaba en Ancio.

Séneca y Paulina habían ido a la quinta de Preneste, situada en la falda de los montes Albanos. Yo estaba con Claudia y Aurelia en la villa de Tívoli, adonde acababan de llegar Pola y Lucano, huyendo del polvo y del mal olor que, a causa de las altas temperaturas, destilaba la Urbe. Por aquellos días el calor era sofocante.

El diecinueve de julio, Nerón, que se hallaba en la localidad costera de Anzio, preparó una fiesta con fuegos de artificio. La invitación llegó a Tívoli la víspera, y en ausencia de Séneca y Paulina, Lucano, que ejercía la autoridad, permitió que asistiésemos.

—Aprovechad, chiquillas. A Séneca seguro que no le gustaría.

Y por una vez, Aurelia no puso inconveniente.

A primera hora de la mañana Claudia se quejó de un fuerte dolor de cabeza y se metió en la cama; al mediodía, Claudia continuaba acostada. Aurelia dijo que era por causa de la calima y que lo mejor era que se quedase en casa.

Pero era mentira, la dolencia era fingida, porque esa noche... Precisamente para esa noche, Claudia había arreglado la cita con Fabricio. Iban a verse en Roma, en la peluquería. Claudia partiría en cuanto Aurelia se hubiera metido en la cama. Luego, de madrugada, Fabricio la traería y, a la mañana siguiente, cuando Aurelia despertase y nosotros regresáramos de Ancio, la encontraríamos, todavía aquejada de jaqueca, descansando en su cuarto. Yo era la única que lo sabía.

—Es una locura.

—Ya lo sé.

—Claudia, no lo hagas.

—Es la última cita.

—No te lo crees ni tú.

—Sí, Marcia, esta noche le diré adiós.

—Entonces no vayas, total...

—Será nuestra despedida. Los dos sabemos que mi boda es inminente. Fabricio no se resigna y busca el medio de llegar a mi padre, pero es inútil... Le he dado muchas vueltas... Ya sabes lo que pienso. Lo que no puede ser, no puede ser.

—Le partirás el corazón.

—Momentáneamente, pero los hombres se consuelan pronto... Y esta noche, ¡ah, Marcia!, nos amaremos desesperadamente, y cuando sea una matrona respetable recordaré esta noche... No, no me pidas que renuncie a una última vez, cuando quizá no vuelva nunca a gozar del amor. La última, Marcia, te lo juro.

—No vayas, Claudia. Tengo un mal presentimiento.

Y era verdad que lo tenía.

En Ancio el bochorno es agobiante y de la atmósfera se desprende un polvo rojizo. Pola dice que huele como si estuviesen quemando madera.

Poco antes de la cena se levanta una brisa suave que nos refresca un poco, pero, de súbito, la brisa se torna aire y el aire se torna viento ardiente.

—Los bomberos van a tener trabajo esta noche —pronostica Pola.

—Con este calor...

Pero nadie le da más importancia, porque en Roma las casas de alquiler son de madera y se adosan las unas a las otras, de modo que los incendios son habituales, sobre todo los meses de verano; pero para eso la ciudad tiene un reputado cuerpo de bomberos, con una experiencia de doscientos años, que se ufana de ser el mejor del mundo, y se jacta de poder apagar un fuego en cuestión de minutos.

Nerón hace gala de un humor excelente y muestra al nutrido grupo de aduladores, que le sigue a todas partes, los planos del nuevo palacio que le está proyectando el arquitecto Celeres.

La cena se sirve en el jardín de los pájaros, una enorme pajarera en la que revolotean cientos de exóticas aves. Desde el cenador, los vistosos colores de las plumas son un recreo para la vista y uno no puede menos que seguir los ondulantes movimientos de las alas.

Lucano propone un brindis. Lucano siempre buscando la ocasión... Pero antes de que pueda abrir la boca, se le anticipa Petronio.

Cayo Petronio alza un vaso y brinda por el próspero

reinado del César. El príncipe sonríe complacido, y levanta la mano para acallar las voces. Se hace el silencio... Petronio avanza hasta situarse bajo la cúpula central y nuevamente, con estudiado gesto, alza el vaso.

—Salud, amigos míos.

El público, aguardando las palabras; el actor, sabiéndose el centro de las miradas...

Petronio se ha maquillado con el esmero del histrión que sube al escenario, blanco en los párpados, carmín en los labios, y en el pelo una sustancia de aloe que está muy de moda y que Tito Andrónico utiliza para fijar los moños. Petronio cuida siempre de extremar la apariencia; Nerón se goza en sus excesos.

—Arremetamos contra los pusilánimes, Cayo, querido.

—Sin duda, mi príncipe, sin duda.

—Canta, César —reclama un cortesano—, deléitanos con tu arte incomparable.

Adulado, jaleado, admirado, Nerón arranca de la lira un son rasgado. Y en el intervalo huidizo en el que los dedos van a pulsar otra nota, un segundo sonido apaga los ecos del primero, y un ruido de botas y pisadas se abre paso entre las cuerdas de la lira y agrede la tarde. Tigelino irrumpe en la estancia.

—Príncipe, Roma está ardiendo.

La agitación del prefecto es notoria.

—Príncipe, la Urbe arde por los cuatro costados.

Capítulo II

Uno de los cocheros me confirmaría más tarde que, al atardecer, Claudia había viajado a Roma.

Al atardecer Claudia viajó de Tívoli a Roma. El bochorno era agobiante y Claudia observó la espesa nube negra que cubría el cielo.

—*Domina* —le dijo el cochero—, debe de haber un incendio de grandes proporciones. ¿No sería mejor que regresásemos?

Claudia dudó, probablemente pensaría en regresar, pero...

—Vuélvete tú —le dijo al cochero—. Y no le cuentes a nadie que me has traído.

A esa hora el tribuno Fabricio Roscio, al frente de la LI cohorte, coordinaba los trabajos de extinción en el distrito noveno. Imposible abandonar su puesto. Desde las primeras horas las tiendas cercanas al hipódromo estaban ardiendo, y las llamas amenazaban los edificios del Foro.

Petronio no puede dar crédito a lo que le estoy diciendo.

—Es la idea más descabellada que he oído nunca. Supongo que tendrás una razón de peso.

—La tengo.

—Dámela.

—No puedo... Perdona, Cayo, pero es algo que atañe a otra persona, ¿comprendes?

—En absoluto. Y que te metas en un infierno de brasas te atañe a ti, querida. Así que, si quieres que te ayude, tendrás que convencerme.

—De acuerdo. Se trata de Claudia.

—¿Claudia? Claudia está en Tívoli... —me escudriña con sus ojos de milano—. ¿O no? No, claro... Así que la pequeña y dulce Claudia está en la Urbe... ¿Quién es él?

—Fabricio Roscio.

—Roscio... Fabricio Roscio... ¡Ah, sí!, el tribuno que corre en los azules.... Ahora comprendo, querida... Es un muchacho apuesto, un animal hermoso, y de la mejor cuna, aunque no tiene un sestercio.

—Cayo —interrumpo, antes de que se deleite evocando el cuerpo de Fabricio—, Claudia está en medio del incendio y nadie lo sabe.

—Ya... ¿Pero qué puedes hacer tú? ¿Quemarte con ella? El hecho de que vayas a buscarla no contribuirá a apagar el fuego. Con suerte, Claudia estará a salvo.

—Tengo que ir.

—Sosiégate. Por la mañana el fuego habrá remitido lo suficiente.

Pero el fuego no remitió y las noticias que constantemente llegaban de la Urbe eran cada vez más desoladoras. Soplaba viento desde el río y los astrólogos aseguraron que, de no variar la dirección, sería imposible sofocar el incendio. Y no se equivocaron, el viento le fue propicio y las llamas devoraron la ciudad. La devoraron, barrio a barrio, casa a casa... El segundo día ya se sabía que era una catástrofe.

Hacia la hora prima, Petronio me busca.

—Mañana Nerón regresa a Roma, tiene proyectado recorrer las calles en persona, y yo voy a acompañarlo.

—¿No decías que era una insensatez?

—Quiero ver si mi casa sigue en pie y además quiero ser testigo... Se hablará de este incendio en los siglos venideros y yo quiero ser testigo. Así que, si todavía lo deseas, puedo llevarte.

—Cayo, no puedo esperar a mañana. Hazme un favor. Busca a Lucano y cuéntale lo que pasa. Dile que Claudia pensaba reunirse con Fabricio en la peluquería de Tito Andrónico, pero sólo a Lucano. Los demás no deben enterarse, ¿comprendes?

—Claro, querida, pero insisto, no me parece una buena idea. ¿No sería mejor aguardar a mañana? ¿O que Lucano fuese contigo?

—Sabré cuidarme.

—Entonces habla con Tigelino, él va y viene, y controla los vehículos.

Tigelino me mira extrañado, pero no me pregunta y tampoco me pone ningún inconveniente.

Parte un convoy de soldados dentro de una hora. Si lo deseo, puedo bajar en uno de los carros. Tigelino no pregunta, pero tampoco olvidará que bajé sola a la ciudad el segundo día del incendio, porque Tigelino es como el halcón que todo lo observa y está permanentemente en vigilancia.

Antes de llegar a Roma el aire se torna sofocante, como si la tierra vomitase fuego.

A medida que nos acercamos, la Vía Ostiense se va volviendo intransitable: miles de personas tratan de escapar de aquel infierno y, a pesar de que el ejército no permite la salida de vehículos para no obstruir las puertas, es casi imposible circular en contra de la marea humana. Nos notifican que los depósitos de aceite del Flaminio han reventado y que el líquido hirviendo se ha vertido sobre las aguas del río; el puente Emilia se ha derrumbado y el templo de Vesta es pasto de las llamas. Imposible entrar por la puerta Trigémina y menos transitar por los muelles. Tigelino ordena el desvío del convoy a través de Ardeas para acceder al Palatino, donde el prefecto de los bomberos se esfuerza en proteger el palacio y los templos. En vano. Inexorablemente, las llamas suben hacia la colina, reduciendo a cenizas el lujo y la opulencia, destruyendo los árboles, devorándolo todo...

Yo me dirijo hacia el Foro, preguntándome dónde estarán las deidades protectoras y los genios tutelares, a los que honramos con preces y lucernas. Me meto por el Argileto y, sorteando los lamentos de las madres que llaman a sus hijos, los gritos de los que yacen bajo los escombros y las piedras que caen, tomo a través de las fauces del Súbura para —nunca he sabido realmente el tiempo que me llevó— desembocar en la plaza del Fagutal, junto al estanque de Cerolia.

Pero delante de mí no hay más que ruinas ardiendo. Todo el Fagutal es un montón de escombros.

A duras penas consigo abrirme paso: residuos y cascotes es todo lo que queda de la *insula* en la que se hallaba la peluquería.

—¡Apártate de ahí! —me grita alguien.

Entre el amasijo de cascotes y maderas, distingo a Josué y a Fabricio, tratando de liberar a Tito Andrónico de la viga que le aprisiona el tórax.

Me acuclillo a su lado:

—Aguanta, amigo.

—Ah, Marcia..., es inútil, *puella.* La Parca está tirando de mí y el viejo Caronte me aguarda para cruzar el río. No te apures, preciosa, al cruzar el Leteo me olvidaré de todos mis acreedores, que se quedarán bramando en esta orilla. Al menos les habré ganado esta partida.

Sonrío entre lágrimas. Éste es Tito Andrónico, chapucero, mentiroso, irónico y capaz de sacarle ventaja incluso a la muerte.

—Tito, he venido en busca de Claudia.

—Claudia... —le cuesta respirar—. Claudia... Ella... Ella estaba... arriba. Quise ayudarla cuando cayó la escalera... Anoche... Eso fue anoche... Pero la viga me aplastó el pecho... Después de todo, tendré que irme ligero de equipaje, uno no lleva nada... No, uno... ¿Quiénes sois? ¿Quién anda ahí?

Se le enturbia la mirada.

—Soy yo, Marcia.

—Ya no nos reconoce —dice Josué.

—Mírame, soy Fabricio. ¿Dónde está Claudia? ¡Por, Júpiter! Respóndeme.

—Claudia..., Claudia... —tose y se ahoga en un vómito de sangre.

Fabricio y Josué tiran con todas sus fuerzas hasta conseguir apartar la viga. Demasiado tarde. Tito Andrónico expira.

—Ayuda —el murmullo sale de entre los escombros—. Soy Ruth... ¡Ayudadme!

—Es una de las peluqueras.

Josué aparta los cascotes hasta lograr asir el brazo de la chica. Está muy magullada, pero no tiene nada roto.

—¿Estabas con Claudia? —le pregunta Fabricio—. ¿Qué sabes de Claudia?

Ruth mueve la cabeza negativamente, pero ya está Fabricio metiéndose entre las maderas chamuscadas, removiendo los escombros... Fabricio arrastrando un bulto negro... Y entonces veo el pie con la sandalia de Claudia.

Ni tan siquiera puedo gritar. Es Fabricio el que solloza.

Es Fabricio el que solloza y se abraza desesperadamente a lo que queda de aquel cuerpo sin vida, y es Josué el que nos devuelve a la realidad. Josué, que arranca de los brazos de Fabricio los restos calcinados, que nos arrastra fuera, que sujeta a Fabricio.

Fabricio quiere llevarse el cuerpo, pero Josué se lo impide.

—Tenemos que salir de aquí, los bomberos están abriendo cortafuegos y pronto esta zona quedará aislada. No podemos transportar un cadáver, nos impediría movernos... Vámonos, ya tendréis tiempo de llorarla.

Yo no soy capaz de apartar los ojos de la sandalia, hasta que Fabricio se la quita del pie y la guarda en el pecho. Josué deposita el cadáver de Claudia al lado del de Tito Andrónico, se desprende de su toga y se la echa por encima.

—Vámonos, Marcia. Josué tiene razón. Tenemos que salir de aquí.

No me muevo, no puedo moverme, hasta que Fabricio me toma entre sus brazos y, conmigo en volandas, abandonamos el lugar sin volver la cabeza.

Capítulo III

Intentamos volver al Palatino por la Vía Sacra, pero el incendio se ha extendido hacia el Celio y el viento sopla en dirección Este. Es Ruth la que nos guía a través del laberinto de callejas. Caminamos en medio de los remolinos de pavesas, esquivando las chispas que bailan en el aire. Varias veces, siempre guiados por Ruth, nos vemos obligados a cambiar de rumbo para evitar un nuevo foco o para huir del nublado malévolo del humo.

Unos soldados que abren cortafuegos para aislar las zonas afectadas e impedir que las llamas se propaguen a otros edificios nos aseguran que el incendio no ha llegado al Viminal, y que hay zonas en el Súbura Minor por las que aún es posible el tránsito. Pero el Súbura Minor es una red de callejones, travesías y pasajes.

Josué menea la cabeza.

—Puede ser una trampa mortal.

—Yo vivo en la Vía Labicana, cerca de los cementerios —dice Ruth—. Desde el Clivus Suburano se puede llegar atravesando la doble muralla de Esquilino, sé por dónde cruzar.

Y ése es el camino que tomamos.

Al oeste de las murallas Servianas, atravesadas por la Vía Labicana, se extiende la antigua necrópolis etrusca, que ocupa varias millas de terreno. Allí la ciudad no es abigarrada y la construcción es baja, abundan pequeñas viviendas unifamiliares. La casita de Ruth se halla al noroeste del viejo cementerio; por suerte el incendio no ha llegado hasta esta zona y, aunque la cortina de humo cubre todo el cielo, en este espacio abierto el aire se torna respirable. Es como encontrar una isla en medio del naufragio.

En la cocina hay ánforas con agua. La vertemos sobre los cuerpos maltrechos, para que nos refresque las quemaduras de las piernas y de los brazos, y ponga un punto de alivio en nuestros pies llenos de ampollas. El agua está tibia, pero, aun así, en medio del asfixiante calor que todo lo envuelve, es un bálsamo en nuestra piel reseca. Nos dejamos caer sobre el pavimento enlosado, las piernas separadas y la espalda apoyada contra las paredes, tratando de reponer fuerzas y de aliviar la presión de los pulmones. Ninguno de los cuatro mencionamos a Claudia.

No recuerdo haberme dormido, pero Fabricio me despierta.

—Venga, espabila. Josué se quedará con Ruth y yo intentaré llevarte.

Ruth nos da una cantimplora con agua y toallas mojadas para envolvernos la cabeza, y nos indica una congostra, un camino invadido de matorrales.

—Seguid siempre la muralla. Llegaréis a los campamentos pretorianos sin problemas.

En cuanto avistamos los cuarteles, me derrumbo encima de una piedra.

—No puedo más, se me han reventado las ampollas y tengo las plantas de los pies en carne viva.

—Quédate aquí —dice Fabricio—. Vuelvo en seguida.

Quiero gritarle que no se vaya, que no quiero quedarme sola en medio de este infierno, pero simplemente rompo a llorar.

Regresa al poco con un par de caballos.

—Los he alquilado. Aunque no te lo creas, hay tipos que alquilan caballos.

—Los habrán robado.

—Seguro. Además del fuego, se ha desatado la rapiña. ¿Podrás cabalgar?

—Lo intentaré.

Fabricio empapa las toallas en un reguero, me las enrolla en la cabeza y alrededor del pecho y me monta en una de las bestias, pero a duras penas me sostengo en la montura. Entonces, se sube al mismo caballo, me ciñe con un brazo y con el otro sujeta las riendas.

—No te quites las toallas.

—Tienes las piernas quemadas. ¿Serás capaz de dominar el caballo?

—Soy auriga, ¿recuerdas?

Y juntos cabalgamos hacia la cima del Viminal, alejándonos del humo y de las llamas.

En el Viminal, la villa de los Anneo está intacta, el fuego no ha llegado hasta lo alto de la colina. Ya veo a Pola, y detrás de ella a Lucano... Me estrechan entre sus brazos y me cubren de besos.

—Salí en cuanto Petronio me lo dijo, pero no conseguí llegar al Fagutal. ¡Por los dioses que ya desesperaba! ¡Ah, Marcia, Marcia!, por un instante creí... Gracias por haberla traído, Fabricio.

Fabricio, que no se ha bajado del caballo, saca del pecho la sandalia de Claudia y, sin decir una palabra, se la tiende a Lucano. Después, espolea la cabalgadura y galopa en dirección contraria.

—¿Pero qué...? —exclama Lucano.

—Es de Claudia —musito antes de perder la consciencia.

Lo demás lo recuerdo como un sueño velado.

Un sueño en el que Celonia y Tirana se confunden prodigándome cuidados. Un sueño de delirios y de llanto que dura tres días. Tres días en los que Celonia me aplica constantemente compresas de vinagre en las quemaduras y Tirana me humedece con una esponja las grietas de los labios. Tres días en los que, en la penumbra de la alcoba familiar, soy consciente de que Claudia ha entrado en el reino de las sombras, y, por segunda vez, me enfrento al desamparo, al amargo sabor de la desdicha y a la terrible aflicción en que nos sume la muerte.

Capítulo IV

Al cabo de tres días de postración, estoy en pie para asistir a la sencilla ceremonia fúnebre en honor a Claudia. Porque Claudia no tendrá procesión que la acompañe a la terrible orilla, y nosotros no podremos dar tierra a su cuerpo mutilado. Sus restos, confundidos con los de tantas otras víctimas, han sido removidos por las palas y arrojados a las grandes fosas de los osarios. Hasta ese punto el incendio alteró nuestras costumbres, y hasta ese punto las llamas han alcanzado incluso a los muertos.

El senador Silio oficia a los Manes ofrendándoles mazorcas y vino, y conjura a los Lemures, que moran en el subsuelo, quemando incienso con un pebetero. Pola Argentaria, muy pálida, trae la sandalia envuelta en la seda que iba a ser túnica de novia, y la abuela Aurelia, sin derramar una lágrima, y con la entereza de las matronas etruscas, que sostenían el cadáver de sus hijos sobre los escudos, la deposita en la alacena de los Penates. Lucano le da la candela para que sea ella quien encienda los lampadarios.

—Marcia Galia —me pide—, quizá quieras confortarnos con un poema.

Se me quiebra la voz en la garganta. Pero ellos aguardan... Y yo recito. Recito muy despacio. Elijo fragmentos de poemas de Safo, y se los dedico a Claudia:

Alegre vete, y acuérdate de mí.
Ya sabes cómo te quería...
Cuántas cosas hermosas juntas gozamos.
Y no había baile, ni ceremonia sagrada
donde no estuviéramos nosotras...

Aurelia me tiende la antorcha y, una a una, enciendo todas las lucernas.

El incendio empezó el decimocuarto día antes de las calendas de agosto.

La ciudad ardió por espacio de seis días y siete noches. El tercer día Nerón regresó a Roma y mandó abrir los jardines de Agripa y de Mecenas para acoger a los que lo habían perdido todo, pero pronto los huertos fueron insuficientes y el emperador ordenó levantar tiendas en el Campo de Marte para acomodar al pueblo. Acudían en masa. Llegaban a millares desde todos los puntos de la Urbe, era como el fluir de un río turbio.

Tigelino dirigió y coordinó los trabajos de salvamento y dio órdenes tajantes para controlar el pillaje y el saqueo. El cuerpo de bomberos demostró su organización y su eficacia, y el ejército se comportó disciplinadamente. Aun así, nada pudo evitar la hecatombe, porque nadie puede controlar el viento.

La ciudad fue presa de la devastación: de sus catorce barrios, diez quedaron reducidos a escombros, y para cuando acabó el incendio, las pérdidas eran incalculables, los muertos se contaban por millares, y el pavor y la desolación se habían adueñado de todos.

Nadie recordaba una calamidad de estas proporciones, y hasta en los espíritus templados, el rencor empezó a crecer desmesuradamente. Porque cada uno en su desgracia quería aliviar el dolor de las irreparables pérdidas, tejiendo el insensato sueño de la culpa.

Primero fue un rumor. Un rumor que, a fuerza de descabellado, se tornó creíble para algunos. Alguien, en alguna parte, aseguró a otro, hablándole al oído, que es como mejor prosperan los rumores, que Nerón había mandado encender las llamas. Al principio, casi nadie lo tomó en serio e incluso hubo quien alzó la voz en su defensa. Fue suficiente. Fue suficiente para que el despropósito tomase cuerpo y se extendiese antes de que se hubiera disipado el humo.

En casa de los Anneo, Séneca, preocupado, nos habla de ello.

—Pero —opone Paulina—, ¿cómo puede alguien dar crédito a tal necedad?

—Porque Domicio es un insensato. Lleva meses hablando de la Nueva Roma, trazando planes de jardines, templos y avenidas, adquiriendo terrenos para ese fastuoso palacio que piensa construir. Y por si no fuese suficiente, se sube a la Torre de Mecenas a contemplar las llamas como si se tratase de un espectáculo y, en su inconsciencia, compone y declama un poema sobre la destrucción de Troya. ¿Os imagináis? La gente abrasándose, y él cantando y tañendo la cítara. Asombroso.

—Por otro lado —interviene Lucano—, está lo de los soldados incendiando edificios y destruyendo graneros y almacenes de víveres.

—Era necesario. Si ese grano hubiese ardido de forma incontrolada, las llamas lo hubiesen arrasado todo.

—Pero destruir las casas..., los templos.

—Era el único modo de liberar espacios. Sacrificando esos edificios, salvaron manzanas enteras. Se hizo lo que había que hacer, y eso hay que reconocérselo a Tigelino.

—Ya, pero la plebe no entiende que, para apagar un fuego, te terminen de quemar la casa.

—El vulgo —terció Séneca— no entiende de estas ni de otras cuestiones y, en su ignorancia, es influenciable; pero por desgracia, no se trata de la ignorancia de la plebe, sino de la avaricia de muchos de los que se dicen Padres de la Patria. ¿O acaso no habéis visto a unos cuantos senadores obstruir la calle, tratando de salvar sus pertenencias? Y es que, a menudo, los que deberían dar ejemplo se convierten en buitres. Pero insisto, la mayor culpa la tiene Domicio con su estulticia.

—Domicio es tu obra —exclama Atila, que hasta

ese momento había permanecido callada—. Quizá deberías preguntarte si a ti no te alcanza alguna culpa.

Séneca palidece y se muerde los labios. Un silencio tenso reina en la estancia, un silencio que se corta con daga. Y sé que todos están pensando en la muerte de Agripina.

El silencio lo rompe Lucano:

—Hay otro rumor. Esta mañana lo repetían en el Foro.

—¿Cuál?

—Los judíos. Algunos eran propietarios de esas tiendas cerca del Circo, y ya sabéis que no gozan de simpatías.

—¡No me digas!

—Pues sí. ¿Y queréis saber que los propios judíos están alimentando el runrún para culpar a ese sector nazareno que predica una nueva religión?

—¡A los cristianos! —exclamo—. Eso es otra insensatez.

—Claro que lo es, pero los tales cristianos iban por ahí predicando que el fin del mundo se aproximaba y que un gran fuego lo arrasaría todo. Os apuesto a que, puestos a buscar culpables, los cristianos van a servir de chivo expiatorio.

Supe por Fabricio que Tigelino se pensó el asunto detenidamente. Llevaba días pensándolo, desde que había recorrido las calles calcinadas, cuando aún no se habían apagado los rescoldos; desde entonces.

El prefecto sabía bien cómo eran estas cosas. Se esparcía un rumor y el rumor se propagaba como el viento. Una frase suelta, un comentario, alguien que decía que uno había dicho... Lo cierto era que toda la ciudad, aquella ciudad destruida y decrépita, era un clamor que pedía venganza.

Tigelino también era sabedor del peligro que esto entrañaba. Llevaba una vida entera batallando alrededor del poder, pero el poder es tan vulnerable...

Urgía buscar un culpable, máximo cuando voces sin miedo apuntaban hacia el propio príncipe.

«¡Qué estupidez!», pensó Tigelino, mientras deploraba las imprudentes frases de Nerón hablando de la *Domus Aurea.* No se perdonaba no haber cortado a tiempo ciertas expresiones, cuando el César, ebrio, brindaba por la futura y magnífica ciudad, asombro de los siglos. Y ahora... Cuántos estarían utilizando aquellas frases para enardecer a las masas.

Tigelino tenía la certeza de que el incendio había sido producto del trazado urbano, de la precaria construcción de los inmuebles, de la especulación del suelo que hacía que las viviendas se arrimaran y que se diesen cada vez nuevas alturas; eso, y el viento del Tíber soplando ininterrumpidamente.

—Llama al tribuno Roscio.

El pretoriano salió presto y Tigelino releyó el documento que acababa de escribir.

—¿Me llamabas, prefecto?

—Tú supervisabas el distrito noveno, por lo que fuiste de los primeros en ver el fuego.

—Así es.

—¿Sabes exactamente cómo empezó?

—Se originó en la parte del hipódromo que linda

con el Palatino. Quizá en una de las tiendas, a lo mejor en un almacén.

—¿Qué lo causó?

—Probablemente el grano, o alguna de esas materias inflamables.

—¿Estás seguro de que ése fue el único foco?

—Al menos en esa parte. El viento era fuerte y se propagó en seguida.

—Pero extenderse a toda la ciudad...

—Acaso hubo otros focos, el calor era insoportable... Tigelino, Roma arde cada día.

—Siempre existieron incendiarios.

—Prefecto, ¿adónde quieres ir a parar?

—No es nada, tribuno. Por atar cabos. Retírate.

Tigelino rubricó el documento, estampó los sellos y se lo entregó al centurión que aguardaba órdenes.

Capítulo V

Y la barbarie, que es la madre de todas las miserias, se desata.

Tigelino da la orden y en la primera jornada son detenidos cientos de cristianos. Y para asombro de todos, no se trata exclusivamente de judíos, sino que hay entre ellos ciudadanos romanos; algunos, auténticos patricios. Esto desborda al mismo César, porque no es lo mismo darle de comer a los leones carne judía o germana o etíope, que soltar en la arena a la mujer de un senador o a la hija de un tribuno.

Nadie en los círculos de palacio cree que sean los cristianos los que han provocado el incendio. Muchos opinan que con esto Nerón distrae la atención de la guerra con los britanos y la escasez de trigo, porque, aunque se ha aumentado la limosna que cotidianamente se les da en Roma a los menesterosos y el precio del trigo ha bajado a tres *nummum,* el prefecto se ve impotente para llevar a cabo la distribución de ropa y alimentos. Tantos y tantos son los necesitados...

Los ánimos están soliviantados, y Nerón, para aplacar a la plebe, proclama un *senatusconsultum* en contra de los cristianos, en el que los declara enemigos de Roma y del género humano.

Pero la plebe, que al principio se muestra encantada y celebra el decreto, en cuanto presencia las salvajes matanzas y los crueles suplicios, se hastía de sangre, implora misericordia y, de nuevo, se palpa el descontento.

Tres días antes de las calendas de agosto, Josué se presenta en casa.

—Marcia, en el vestíbulo hay un pretoriano.

—Pues avisa a Séneca.

—No pregunta por el amo, pregunta por ti.

—¡Qué raro! Bueno, a qué esperas, hazlo pasar.

—¡Salud, Marcia! El tribuno me ha dado esta nota para ti.

—¿Esperas contestación?

—No, el tribuno está fuera de la Urbe.

Marcia:

Tigelino se dispone a detener a los Plautio; he visto la orden. He tratado de hablar con él, pero está ilocalizable y un servicio urgente requiere mi presencia en la Umbría. Parto de inmediato. No pierdas tiempo.

Fabricio

Vuelo a casa de los Plautio.

Un esclavo me dice que han salido. Aguardo. Doy vueltas y vueltas. Los Plautio no regresan en toda la mañana.

Al filo de la hora quinta, una cohorte irrumpe en el atrio. Los pretorianos lo registran todo, interrogan a los esclavos y, antes de marchar, dejan apostados en las puertas cuatro hombres.

No sé qué hacer. Si al menos estuviese Séneca..., pero Séneca y Paulina han marchado a Pompeya a llevar a Aurelia, pues el senador Silio, una vez finalizado el duelo, se ha reintegrado a su puesto en los campamentos militares y la abuela ha decidido acabar sus días en la casa de sus antepasados.

Se me ocurre de pronto. Súbitamente me acuerdo de que la madre de Lavinia es prima de Popea Sabina.

—¡Tiranaaa!... Que me preparen una silla de mano.

—¿Adónde vamos?

—Tú te quedas aquí. Espera en la cuesta por si vuelven los Plautio. Yo me voy a palacio. A la tarde nos vemos en el Foro.

La Augusta me recibe en la rosaleda. Una esclava negra le pinta las uñas de los pies.

—Sé bienvenida. Ven, siéntate a mi lado.

Estoy muy nerviosa y ella sonríe al notar mi azoramiento.

—De modo que tú eres la pupila de Séneca. ¿Cuántos años tienes?

—Dieciséis.

—Dieciséis... —me toma de la barbilla—. Eres

muy bonita, incluso al natural. No recuerdo tu nombre.

—Marcia.

—Ya lo creo que eres bonita, querida. Un poco de color en los labios y un leve sombreado en los párpados, eso es lo que necesitas. ¿Estás prometida?

—No, *domina.*

—¡Vaya! Procuraremos remediarlo. Y ahora dime, joven Marcia, ¿en qué puedo ayudarte?

Le tiendo la nota sin decir una palabra.

La Augusta despide a la esclava.

—Sírveme un zumo de aquella jarra y tú ponte otro si lo deseas.

Mientras lo estoy escanciando, Popea dice:

—¿Por qué acudes a mí?

—Augusta, sólo tú puedes ayudarlos.

—Está bien. Enviaré a buscarlos y los sacaré de Roma.

—No están en casa. Fui en cuanto recibí la nota pero ya no estaban. Una cohorte irrumpió al mediodía y hay pretorianos apostados en las puertas. A lo mejor ya han dejado la ciudad.

—No, no lo creo. Probablemente han ido a una de esas reuniones.

—Excusa, Augusta, pero siendo tú su prima, ¿estás segura de qué no sabes su paradero?

—Tú eres íntima amiga de Lavinia y tampoco lo sabes.

—Augusta —me armo de valor—, se comenta que le tenéis simpatía a los judíos.

—¿Adónde quieres ir a parar?

—Se dice... —trago saliva— que en vuestro círculo de amigos hay cristianos.

Popea Sabina se levanta, corta una rosa, aspira el aroma y me habla de espaldas.

—Te diré algo, pero lo que yo te diga ahora, tú nunca lo has oído... Acércame el zumo.

Bebe despacio, como articulando las sílabas en cada sorbo. Tiene la boca carnosa, sensual.

—Los cristianos se reúnen en sitios muy diversos, si bien últimamente andan agazapados en sus madrigueras... No sé exactamente dónde están los Plautio, porque los cristianos llevan sus asuntos muy en secreto y no me entrometo en esos temas. Es verdad que algunos de mis amigos, y no sólo judíos por cierto, practican esa nueva religión, o esa nueva filosofía, como prefieras, puesto que eres la pupila de un filósofo; al fin y al cabo, se trata de una nueva visión de la existencia... No sé mucho más; como te he dicho, no me entrometo.

—Perdona, Augusta, pero se dice que los proteges..., que incluso les has facilitado alguna de tus fincas de recreo... Si no eres cristiana, ¿por qué...?

—Tú no eres cristiana y estás aquí para ayudar a una de ellas. ¿Por qué?

—Lavinia Plautia es mi amiga.

—Querida, mis amigos también son mis amigos.

Bebe de nuevo, bebe y se pasa la lengua por los labios.

—Si quieres ayudar a Lavinia, ve a casa del senador Mario Putilus, no digo que estén allí, pero quizá pueda hacerles llegar tu recado. Y recuerda, debes volver aquí e indicarme en qué lugar deben recogerlos...

Un coche aguardará hasta mañana a la hora tercia. Si no recibo noticias tuyas, entenderé que habéis encontrado otra solución y yo me desentiendo. ¿Has comprendido?

—Perfectamente.

—Otra cosa. ¿Sabe alguien que has venido a verme por este asunto?

—Nadie, Augusta.

—Pues continúa muda.

—No te preocupes, no diré nada que pueda dañar tu reputación.

—¿Mi reputación? —se ríe a carcajadas—. Mi reputación hace tiempo que rueda por los suelos. A mí me despellejan viva. Todos esos rancios y virtuosos Padres de la Patria y todas esas rancias y aristocráticas matronas me despellejan a diario; no pueden olvidar que mi matrimonio fue la ruina de Octavia... En fin.

Deja la copa encima de una mesa de alabastro.

—Sin embargo, los cristianos son reos de traición y yo soy la emperatriz. No puedo ir más allá...

—Hola, joven Marcia.

Me sobresalto. En la doble columnata de la entrada, la delgada figura de Claudia Acté se perfila bajo uno de los pórticos.

—No te había visto.

—Yo a ti, sí. Y a Popea... ¿Qué querías de Popea?

—Nada.

La liberta imperial me mira fijamente. Claudia Acté es como el felino al acecho y, aunque resida fuera del palacio, nada se le hurta en la *Domus* imperial.

—No te metas en líos, joven Marcia. Corren tiempos revueltos y nos pueden afectar a todos. Deja que cada cual resuelva su vida y no te involucres.

—Si se trata de un amigo, Claudia Acté, uno ya está involucrado.

La liberta sonríe, se encoge de hombros y sigue su camino.

En menos de una hora estoy en casa del senador Putilus, pero me dicen que el senador está en una de sus casas de campo, que no ha vuelto a la Urbe desde el incendio. No sé qué hacer... Alguien en esta maldita ciudad tiene que saber dónde están los Plautio.

En las proximidades del Foro despido a los porteadores. Necesito pensar, despejar las ideas... Callejeo sin rumbo en compañía de Tirana, que me aguarda en el templo de Vesta.

—¿Qué te pasa? ¿No se lo vas a contar a Tirana?

—Pues que tengo que encontrar a Lavinia. ¿Comprendes? No, no comprendes... E incluso suponiendo que diese con el sitio... Pero no, no daré con el sitio... No conozco ni a un solo cristiano.

—Tirana sabe quién te puede ayudar.

—¿Quién?

— Ruth... Es judía.

—No todos los judíos son cristianos.

—La he visto a menudo hablando con Lavinia, y Lavinia la trataba como una igual, me chocaba tanto... Yo lo intentaría.

—¿Y dónde encuentro yo a Ruth? Sé dónde vive, pero seguro que tampoco está en casa.

—No tienes que ir a su casa, son horas de trabajo y ahora Ruth trabaja en las termas.

La encargada de los baños me pregunta si deseo un servicio completo.

—Sólo necesito un masaje. Mándame a esa chica judía que trabajaba para Tito Andrónico.

—Veré si está libre.

Ruth extiende la crema y me hinca los pulgares en la cervical.

—Estás contraída, te aliviaré la tensión del cuello.

—Estoy preocupada. Una amiga mía está en un apuro. Necesito encontrarla.

Los dedos de Ruth me separan las vértebras.

—Relájate.

—No puedo. Alguien me indicó que fuese a casa de cierto senador, pero no estaba.

—Ya.

—Mi amiga se llama Lavinia, tú ya la conoces.

—Sí.

—Me pregunto si tú... Quiero decir que, a lo mejor, tú que escuchas tantas cosas, a lo mejor...

—¿Yo? Pregunta a otro, yo no me meto en la vida de nadie, ya lo sabes.

—Lo sé, pero en una ocasión me ayudaste a escapar de las llamas.

—Eso fue distinto.

—Escucha... Hay un coche preparado para sacar a los Plautio de la Urbe y llevarlos a un lugar seguro. No fallará, pero apenas queda tiempo. La hora tercia es el límite.

Termina de masajearme, me viste y, al calzarme las sandalias, dice:

—A la noche, en la segunda vigilia... En la plaza del Vulcanal, la *insula* que hace esquina con el Suburra, hay tiendas en los bajos. Empuja la puerta de la tienda de relojes.

La tienda de relojes. La tienda de espejos y clepsidras. ¡Por Marte, que se me había olvidado por completo!

Capítulo VI

En la plaza el alumbrado proyecta una luz mortecina. Por fortuna no hay mucha gente, transeúntes apresurados y, en el altar de los Manes del cruce con el Argileto, un grupo de jóvenes discutiendo qué rumbo tomar. Me he echado por encima una capa amplia de lino, de las que se usan para viajar; me cubre por completo y sería difícil que alguien pudiese distinguir que soy una mujer. Me apresuro.

La *insula* se alza en medio de las ruinas, es uno de los pocos inmuebles que sigue en pie en el Vulcanal. Empujo la puerta y me sumo en la oscuridad... Camino a tientas, procurando no tropezar, pero algo rueda y el ruido me sobresalta. La oscuridad me asusta, siempre he tenido miedo de la oscuridad, y a punto estoy de volver sobre mis pasos cuando el haz de una luz me da en la cara.

—¿Quién va?

—Busco al senador Arrio Plautio o a alguien de su familia.

—¿A quién?

—Al senador Plautio. Me manda Ruth, la peluquera judía que trabaja en las termas.

La luz se apaga y se enciende una lucerna. Puedo ver la tienda entre las sombras; es una de esas tiendas en las que numerosos objetos se amontonan en desorden. También puedo ver a un hombre; sin duda se trata del mercader griego al que aludió Tirana.

Me hace un gesto para que lo siga, apaga la lámpara y de nuevo enciende otra luz para iluminar el camino. Entramos en una habitación alargada, una trastienda atestada de muebles y de arcas. Me asombra que, con tal cantidad de cachivaches, el lugar no haya sido pasto de las llamas... Al fondo hay una puerta.

Supongo que saldremos al patio interior de la *insula* para subir a alguno de los pisos. Me equivoco; la puerta da a un callejón de tierra sin salida, apesta. Seguro que cerca hay una tintorería.

—Es por ahí —dice el griego.

Y cierra la puerta a mis espaldas, dejándome sola en medio de la noche.

Camino pegada a las paredes, camino con el temor de que alguien me ataque, sé lo peligrosa que es la noche y, por primera vez en mi vida, estoy sola en las calles... Camino hacia la verja de hierro que emerge al fondo.

Toco la campana de bronce y aparece un fornido mozo de pelo ensortijado.

—Buenas noches.

Entreabre lo justo para que yo entre, pero me intercepta el paso con su cuerpo. Es como si aguardase un gesto, quizás una contraseña, aunque Ruth no me advirtió... Pienso deprisa... Puesto que se comunican por medio de dibujos... Sí, eso es. Trazo en la arena un pez con mi sandalia; es un pez horroroso, pero él sonríe y me toma de la mano.

—La paz del Señor sea contigo.

No sé qué se contesta a esto, de modo que sonrío a mi vez y no digo nada.

—Sígueme.

Están en el huerto. Porque estoy en una casa con huerto, aunque ignoro quién es el anfitrión. Son muchos, no podría decir cuántos... Se reparten en grupos y soy incapaz de calcularlo. Algunos están arrodillados. Otros de pie... ¡Y allí está Lavinia! Sí, es ella, y su madre está sentada en el suelo, junto a otras mujeres. Corro hacia ellas...

—¡Marcia!

—Tengo un recado para vosotros.

Sin embargo, Lavinia me hace un gesto y señala a un anciano que apoya ambos brazos encima de un ara. Y a mí me recuerda otra noche, y me parece que nos hallemos en casa de los Plautio.

—Mira. Es Simón Pedro.

A su lado distingo al que se llama Pablo, con una cesta de panes.

Simón Pedro cierra los brazos y junta las palmas de las manos en actitud orante. Todos se arrodillan y Simón Pedro salmodia frases en una lengua que no entiendo.

—Es arameo —me susurra Lavinia.

Y Pablo va traduciendo:

Bienaventurados los pobres de espíritu, porque de ellos es el Reino de los Cielos.

Bienaventurados los mansos, porque ellos heredarán la tierra.

Bienaventurados los limpios de corazón, porque ellos verán a Dios.

Bienaventurados los que padecen persecución de la justicia, porque ellos entrarán en el Reino de los Cielos.

Las voces de todos responden al unísono: «*Bienaventurados. Bienaventurados porque de ellos es el Reino de los Cielos.*»

A continuación Pablo toma un pan de la cesta, lo parte en pequeños trozos y le da uno al anciano. Éste lo alza con ambas manos y Pablo dice:

—Este pan es el Pan de la Vida. Éste es el cuerpo de Cristo.

El anciano se lleva el trozo de pan a la boca, mientras Pablo echa vino en una copa de madera.

—Este vino es el vino de la Salvación Eterna. Ésta es la sangre de Cristo.

Ambos beben unos sorbos. Beben muy despacio.

La gente se acerca y ellos les dan trocitos de pan y les ponen en los labios la taza con el vino. Lavinia tira de mí y, cuando llegamos, Simón Pedro me introduce en la boca un trozo de pan y me aproxima el vino. Mojo los labios y pienso en la sangre de todos ellos que se derrama en Roma cada tarde.

Pablo de Tarso da las últimas consignas:

—Ahora, los que vayáis a salir, hacedlo según lo acordado.

Les explico a los Plautio por qué estoy allí. Arrio me da las gracias y habla en un aparte con Pomponia.

—¿Cómo se os ha ocurrido venir aquí? ¿No sabíais que corríais peligro? —le pregunto a Lavinia—. Tigelino tiene vuestros nombres.

—Precisamente por eso, Marcia. Pero no te preocupes, éste es un lugar seguro.

Arrio y Pomponia aceptan la oferta de Popea Sabina.

Salimos en grupos pequeños y por distintas puertas. Nosotros atravesamos todo el huerto y desembocamos en el huerto de otra casa y, de ahí, a un solar... Desde luego son precavidos. Ya en la calle, Arrio me asegura que él mismo se pondrá en contacto con Popea, que tiene medios para avisarla.

—Ahora debes volver a tu casa. Haré que te acompañen.

—¿No correréis peligro?

—Tenemos amigos... No te preocupes.

Lavinia y yo caminamos cogidas del brazo. Improviso una adivinanza.

—¿En qué se asemejan los cristianos a los topos?

—Pues... En que últimamente nos movemos en la oscuridad.

—Vale. Ahora ésta: ¿en qué se asemejan los cristianos a las vendedoras del Foro Boario?

Se lo piensa.

—¿Te das por vencida?

—Me doy.

—En que andan todo el día con los panes y los peces.

Y nos partimos de risa. Nos reímos, y Lavinia me pregunta si he visto a Fabio Romano, y yo le digo que no, y entonces los pretorianos caen sobre nosotros como un enjambre de avispas.

Capítulo VII

Estaban aguardándonos. Tenían la casa vigilada y controladas las diferentes salidas. Nos dejaron ir, confiados. Aguardaron a que saliésemos... Aguardaron a que estuviésemos en aquel solar, sin posibilidad de volvernos, ni de huir. Nos acorralaron como los perros a la cierva malherida... Y nos dieron caza.

No puedo creer lo que me está pasando. Los pretorianos me han prendido. Intenté explicarle al centurión que yo no era cristiana, pero no me hizo el menor caso. Nos condujeron a la prefectura de la Vía Aurelia. Allí interrogaron a los que les parecieron más destacados, nos separaron por sexos, y a las mujeres nos han traído a los sótanos del Anfiteatro.

Estoy muy asustada. Llevo horas diciéndome que esto es una pesadilla de la que despertaré en breve, con Tirana ronroneando a los pies de la cama mientras Celonia me prepara el *ientaculum.*

Dicen que los cristianos se crecen ante la muerte y que cantan cuando salen a la arena. Pero en la oscuridad de este sótano lo que se refleja en sus caras es la incertidumbre. Uno de los guardias ha dejado prendido un haz de candelas que proyecta sombras en la sombra. A mi lado una mujer llora, otra tiembla... Sólo los niños duermen ajenos al peligro. Aún no creo que esté en la antesala de los que van a ser ajusticiados. Estoy compartiendo su suerte y me siento tan ajena como la nube que flota en la tormenta, esa nube a la que el rayo roza sin tocarla. Porque yo soy Marcia Galia, la hija de un procónsul. Y este sino funesto no puede ser mi sino. «Veo la muerte, pero no es tu muerte», dijo el arúspice. No, no voy a morir. Alguien vendrá y me rescatará de este infierno.

Pomponia me acerca un cuenco con agua y me retira el pelo de la frente.

—Todavía no te he dado las gracias.

Bebo lentamente. Tengo la boca seca y, pese a encontrarnos en un sótano, el calor asfixia. No hay más que un mal ventanuco y el aire está viciado.

—Siento tanto haber llegado tarde...

—Y yo siento que te veas metida en esto.

No le contesto. ¿Qué voy a decirle? Pomponia continúa:

—Somos seguidores de Cristo desde hace dos años. Siempre lo llevamos en secreto, porque los cristianos no estaban bien vistos y se nos aconsejó prudencia.

—Pomponia, perdona, pero no lo entiendo.

—¿Qué es lo que no entiendes?

—Puedo entenderlo de los judíos, al fin y al cabo ese profeta...

—Cristo.

—Ese Cristo es uno de ellos. Pero vosotros... Vosotros sois patricios romanos, Plautio es un Padre de la Patria, ¿como podéis haberos afiliado a semejante secta?

—Tal vez porque buscábamos respuestas, o tal vez porque no las buscábamos y la respuesta vino a nosotros.

—¿La respuesta? ¿Qué respuesta? Son proscritos, Pomponia. Lucano opina que son peligrosos porque quieren conducir el pensamiento, y oyéndote, me temo que es lo que os ha sucedido.

Pomponia sonríe, resignada.

—No puedo explicártelo, no lo entenderías. Pero dime: ¿de verdad crees que somos peligrosos?

—No lo sé.

—Mira a tu alrededor. Mira a tu alrededor y dime si estas mujeres y estos desgraciados niños te parecen criminales... Míralos, Marcia, míralos, y pregúntate cómo es posible que sean monstruos capaces de prender fuego a una ciudad. Míralos, Marcia, y cuando los hayas mirado, pregúntale a tu corazón.

El rugido de una fiera parte el aire. Pomponia me abraza y el temblor de sus carnes se iguala al temblor de las mías. Entonces los miro. Miro a las mujeres aterradas y siento todo el horror del mundo ante los cuerpecitos frágiles de los niños que buscan consuelo.

Pomponia habla con el guardia que viene a traernos agua.

—La matrona asegura que tú no eres una de ellos.

—No, no lo soy. Lo he declarado en la prefectura, pero nadie me hizo caso.

—¿Y por qué andabas en su compañía?

—Pertenezco a la familia de Lucio Anneo Séneca, el preceptor del príncipe —respondo, eludiendo la pregunta—. Creo que deberías sacarme de aquí inmediatamente.

—No puedo sacarte de aquí, no antes de que compruebe lo que dices.

—Puedes avisar a mi familia. Me están buscando.

Duda un instante. Reúno todo el aplomo que me queda.

—Tengo amigos en las más altas esferas, incluso en palacio.

Vacila.

—¿Conoces a Tigelino?

—Claro.

—Entonces no te preocupes. Tigelino llegará de un momento a otro.

—¿Conoces tú al tribuno Fabricio Roscio?

—Por supuesto.

—¿Sabes si está de regreso?

—No. El tribuno no regresa hasta dentro de tres días.

¡Maldita sea mi suerte! No sé por qué Tirana se empeña en decir que los días con erre son nefastos, porque hoy es jueves y es más negro que el cuervo de Atenea. Fabricio no ha regresado y Tigelino es el último ser sobre la faz del Imperio al que quisiera ver en estos momentos. Claro que... Pensándolo bien... Tigelino no tiene por qué desconfiar de mí, aunque Tigelino desconfía de su propia madre. ¡Y pensar que Fabricio está en la Umbría, ignorante de todo!

Tigelino ni siquiera muestra sorpresa. Eso sí, está encantado, se lo noto en su manera de atusarse ese bigotillo del que tanto se mofa Lucano.

—Así que estabas con ellos... ¿Sabe Lucio Anneo que eres cristiana?

Tigelino siempre llama a Séneca por su nombre.

—No soy cristiana. Los Plautio son nuestros vecinos. Pomponia Arria visita a menudo a Paulina, y Lavinia Plautia es mi amiga. Fui a llevarles un recado.

—¿Un recado de quién? ¿Te mandó Paulina?

A punto estoy de decir que sí, pero me muerdo la lengua porque no alcanzo la intención de la pregunta.

—Te has metido en un lío, jovencita. A menos que quieras contarme a quién le hacías el mandado.

—A Popea.

Por un momento creo que he dado en el clavo, porque Tigelino se inquieta. Pero es sólo un momento, en seguida recela.

—No estoy para juegos.

—Tigelino, avisa a Lucano.

—Todo a su tiempo, querida. A su tiempo.

En cuanto sale, el guardia se me acerca.

—No debes provocar al prefecto.

—No lo he provocado.

—Tigelino apuesta fuerte. Si quiere averiguar algo, juega fuerte. Y nadie sabe que tú estás aquí, ¿entiendes?

Claro que sí, tanto que un sudor frío me empapa. Nadie sabe que estoy en el Coliseo y, si me pasa algo, para cuando se enteren... —el sudor me recorre la columna—, o podrían no enterarse nunca. He leído que a las fieras, cuando no salen a la arena, las alimentan con cadáveres.

—¿Puedo hacer algo...? Puesto que eres amiga del tribuno... Siempre que no me comprometas, claro.

—Avisa a Lucano, o a cualquiera de los Anneo.

—¿A los Anneo? —vacila—. No, no puedo, ya has oído al prefecto.

—Quizá podrías avisar a otra persona.

—¿A quién?

—A Cayo Petronio. ¿Sabes quién es?

—Todo el mundo sabe quién es Cayo Petronio.

—Pues a él. Dile lo que pasa exactamente. ¿Irás?

—Yo no, pero lo sabrá.

Me devuelven al calabozo. Me asomo al ventanuco y observo las jaulas de las fieras que se disputan trozos de carroña. La náusea me atenaza el estómago y vomito.

Una mano me sostiene la frente.

—Ruth...

—Hola, Marcia.

—¿Tú también...?

—Me detuvieron en cuanto te fuiste... Por eso no pude esperarte en el Vulcanal.

Lavinia viene a nuestro lado. Nos unimos en un abrazo, las tres, como un lazo...

—Lavinia, ¿no tienes miedo?

—Mucho, pero sobre todo siento pena... ¡Ay, Marcia, siento tanta pena!... No tengo más que dieciséis años... No sé si tendré valor.

—No vas a morir, Lavinia, tú no.

—No me olvides, Marcia.

Lavinia Plautia me acaricia las sienes, las mejillas, los labios... y después, pausadamente, va salmodiando frases... Las frases que decía Simón Pedro y que Pablo traducía.

Bienaventurados los mansos, porque ellos heredarán la tierra.

Bienaventurados los que padecen persecución de la justicia, porque ellos entrarán en el Reino del Señor.

El guardia está en la puerta. Viene a buscarme. Salgo y Lavinia grita:

—No me olvides, Marcia, no me olvides nunca.

El guardia me tiende un pliego.

—Firma, tiene que quedar constancia de tu salida.

—¿Qué le dirás a Tigelino? No quisiera que te metieses en problemas.

—¿Tigelino? Tigelino no abrirá la boca. Mira, la orden viene del propio príncipe.

Debo de poner cara de idiota, porque el guardia me coloca el papel delante de los ojos. La orden trae el sello imperial.

—Te aguardan a la salida.

Espero encontrar a Cayo Petronio, pero al descorrer las cortinas de la litera, la que me recibe es Claudia Acté.

—Te advertí que no te involucrases. Menos mal que tuviste el acierto de avisar a Petronio.

—Tigelino se empeñó en que tenía cosas que contarle. Nadie sabía de mi paradero. Estaba aterrada, he vomitado de miedo. No comprendo por qué Tigelino se negó a comunicárselo a mi familia...

—Tigelino tiene celos de aquéllos a los que Nerón distingue. No se lleva bien con Séneca y supongo que la ocasión le venía que ni pintada para venderle el favor... Probablemente, Tigelino sólo quería asustarte para obtener alguna información, a lo sumo te haría presenciar los juegos para que perdieses el poco valor que a esas horas te quedase. Tigelino es así... Luego te enviaría a casa; sabe muy bien lo que se hace.

—No creo que pudiese soportarlo. ¿Sabes?, en esos juegos, bueno, en esas atrocidades van a morir niños y mujeres, y también hombres que no son criminales... ¿A qué conduce...? A lo mejor alguno provocó el incendio, ¿pero por qué todos...? Es una matanza inútil que nos cubrirá de infamia.

—No lo pienses... Son cosas que no nos atañen.

—Sí que nos atañen... Claudia Acté, ahí dentro están mi amiga Lavinia y su madre, y hay una chica, una peluquera... Es una muchacha judía que me ayudó en el incendio...

—¿Está entre los que van a morir?

—Creo que sí.

Tigelino, que acaba de llegar, pasa a nuestra altura, y la liberta imperial descorre las cortinillas.

—Tigelino, precisamente te estaba buscando.

El prefecto no puede disimular su sorpresa.

—¡Claudia Acté! ¿Qué haces aquí?

—Ya te lo he dicho, esperándote.

—¿A mí?

—¿A quién si no? ¿Acaso no eres tú el que dirige esta feria?

—Cumplo órdenes, divina.

—Y a conciencia. ¿Cuántos has reunido? A juzgar por lo que he visto aquí y los que hay en el Campo de Marte, diría que se cuentan por millares.

—Acté, ¿qué es lo que quieres? ¿No me digas que tienes una esclava nazarena?

—Casi. Mi peluquera está ahí dentro y no me iré sin ella.

—¿Tu peluquera? Haber empezado por ahí, querida. Lo arreglaremos ahora mismo. ¿Cómo se llama?

—Ruth —asomo la cabeza, y Tigelino nos mira boquiabierto.

—He venido a recoger a Marcia Galia, Tigelino. ¿Cómo se te ocurre? La hija del gobernador de Ayax, la pupila de Séneca, espero que salgas bien librado cuando los Anneo presenten sus quejas ante el príncipe.

—Pierde cuidado, no se la iba a echar de almuerzo a los leones, pero mejor haría en escoger bien sus compañías... Bien, me ocuparé de tu peluquera.

—Espera... ¿Y los Plautio? ¿Cómo es que...? Son familia de Popea.

—Es un asunto lamentable, y no me agrada ver a un senador metido en esto. Traté de impedirlo, créeme... Pero Arrio ha sido declarado reo de traición por el Senado. No se puede hacer nada.

—Pero la hija... Es tan joven, además es virgen.

—Y cristiana... Jóvenes y vírgenes las hay a puñados... Lo siento, pero la orden incluye a toda la familia. Y ahora, si me disculpáis... ¿Cómo has dicho que se llama tu peluquera?

—Ruth.

—Te la envío en un momento.

Ruth llega entre dos pretorianos, tan pálida como una de esas figuras de cera que se dejan en los templos para cumplir un voto.

—No tengo adónde ir. Le han puesto un precinto a mi casa.

—Vendrás conmigo. En nuestra casa estarás segura.

Antes de despedirme, le pregunto a Claudia Acté:

—¿Por qué has venido tú a buscarme? La orden tenía el sello de Nerón. ¿Acaso tú...?

Se ríe.

—No, no. Yo no manejo el sello de Domicio; ni yo ni nadie.

—Gracias. Gracias por lo de Ruth y por intentar lo de los Plautio... Acté, por lo que más quieras, no dejes que le pase nada a Lavinia.

—No te apures. Hablaré con Nerón otra vez si es necesario. En cuanto a ti, Marcia, guárdate de Tigelino. No te cruces en el camino del prefecto.

Capítulo VIII

Es Petronio el que aclara mis dudas.

Lo relata con esa gracia suya para contar las cosas, bajando el tono en la palabra exacta, inflexionando las sílabas, gesticulando histriónicamente como los actores de las atelanas.

—Recibí un mensaje, lo trajo un tipo raro, uno de esos individuos malolientes que venden pájaros en el Foro. En cuanto me lo dijo, busqué a Acté, porque no alcanzaba la gravedad del asunto y sabía que, si la situación era seria, sólo ella podría arreglarlo.

—Yo pensaba que hablarías con Popea.

—¿Con la Augusta? No, no. Para un asunto de esta envergadura nunca hay que hablar con las esposas —se ríe—. Si uno quiere algo de Nerón, lo mejor es pasar por su liberta. Bueno, pues aunque os cueste creerlo, interrumpimos una reunión. Nerón estaba reunido con los embajadores partos, pero Claudia Acté insistió en que lo avisasen. Él creyó que era cosa mía y me lo agradeció, porque estaba hasta el moño de los partos. «Gracias, Cayo, tú siempre sabes cuándo algo me fastidia.» «De nada, príncipe.» Comprenderéis que no era cosa de desilusionarlo. Claudia Acté le explicó la situación por encima y le pidió la orden. Nerón se lamentó de la suerte de Arrio Plautio, le llamó imbécil, y dijo que lo sentía porque se trataba de un pariente de Popea, pero que por eso mismo el delito era aún mayor, porque si hay traidores dentro de tu casa... En fin, lo siento por los Plautio pero era inútil interceder...

—¿Y Popea? ¿No hizo nada?

—¿Popea? Popea ni siquiera sabe que los han detenido. Popea se ha ido a Ancio.

—¿Cómo que Popea se ha ido a Ancio?

—Pues sí... Dice que tanta sangre la pone enferma. El caso es que Nerón firmó la orden y luego tuve que quedarme a escuchar el poema que ha compuesto para recitar en las Naumaquias. No es malo, le falta carga en los dísticos, pero cada día versifica mejor este muchacho.

Doy vueltas en la cama y le pido a los Manes que protejan a Claudia Acté, y a los Lemures, que fulminen a Popea Sabina.

Con la luz del día me llega un mensaje de Claudia Acté.

Marcia:

El príncipe se ha ido a Actium, y las cosas, me temo, van demasiado deprisa. Nerón volverá mañana para el «gran espectáculo». Mañana sacarán a la arena a cientos de cristianos. Ellos son el «espectáculo».

Si es verdad lo que dice Tigelino, los Plautio lo tienen muy difícil. Haré lo que pueda.

Cuídate.

Acté

No busques a Petronio, se ha ido a Actium con Nerón.

Doy vueltas y más vueltas, paseo de un lado a otro del peristilo. ¿Qué no daría por tener a Séneca? Séneca es astuto, sabe mover los hilos... Pero Séneca no está y yo no sé cómo resolverlo...

—He oído que el tribuno Roscio ha regresado.

—¿Qué dices, Tirana?

—*Domina,* si alguien puede ayudarte, es el tribuno.

—¿Cómo sabes que ha regresado?

—Tirana lo sabe, Tirana se ha ocupado de saberlo.

—Tengo que localizarlo.

—No te apures, *domina* Marcia. El tribuno vendrá en seguida. Tirana le ha mandado aviso.

Me mira triunfante y se da media vuelta antes de que pueda preguntarle.

No necesito explicárselo. Fabricio ya lo sabe; Josué lo ha puesto en antecedentes.

—Los juegos son mañana. ¿Se te ocurre algo que podamos hacer?

—No mucho.

—¿Y si hablases con Tigelino?

—Tigelino no se atreverá a contravenir una decisión del Senado. No, Marcia, tendremos que arreglarlo de otro modo... Veré qué puedo hacer, pero prométeme que no te moverás de casa.

Las horas pasan lentas...

De nuevo recorro el peristilo como un gato enjaulado. Tirana se esfuerza en distraerme pero la ansiedad... Fabricio regresa hacia la hora nona.

—El senador Plautio está en la cárcel Mamertina. Lavinia y su madre siguen en el Coliseo.

—¿Sabes si mañana ellas...?

—Sí, Marcia.

—Entonces están perdidas.

—Escucha, he estado en el Coliseo.

—¿Las has visto?

—No, pero he hablado con los encargados de retirar los cuerpos... Recogen a los gladiadores caídos en combate. Ahora, retiran los cuerpos de los cristianos... Verás, conozco a algunos y he llegado a un acuerdo... Pondrán a Lavinia y a su madre en el grupo que saldrá al anochecer, justo antes de que se enciendan las luces. Las colocarán en el último lugar y dejarán abierta una de las trampillas; se trata de un agujero pequeño, pero un cuerpo menudo podría pasar... Si Lavinia consigue meterse allí... Lavinia es menuda y es ágil, no es fácil pero...

—La verán.

—Quizá, pero quieren causar un efecto impactante. Está previsto que ese grupo salga casi a oscuras y luego encenderán las luces. Durante unos instantes serán sombras en movimiento, se oirán los gritos pero las víctimas apenas serán visibles. Serán unos breves instantes; ése es el momento.

—¿Los gritos? ¿Qué habrá en la arena? ¿Qué les espera, Fabricio?

—Perros. Las echarán a una jauría de perros salvajes.

Me produce tal horror que soy incapaz de articular palabra.

—Si, aprovechando la oscuridad, consigue meterse en el agujero y permanecer oculta hasta el final, los hombres a los que he comprado la sacarán y se la llevarán con el resto de los cuerpos. Nadie se dará cuenta porque nadie se ocupa de los moribundos ni de los muertos... Lavinia y su madre estarán aleccionadas. El caso es que lo consiga.

—¿Y Pomponia?

—Pomponia... Hay sitio apenas para un cuerpo. Pomponia tendrá que ayudar a su hija.

—¿Cómo?

—Empujándola dentro de la oquedad, tapándola con su propio cuerpo..., aprovechando la oscuridad que reinará en esos momentos.

Tal y como estaba previsto, las subieron al caer la noche. Las subieron en ese momento en que la luz se confunde con las sombras. Lavinia y Pomponia iban las últimas. Justo antes de cruzar la última rampa, Pomponia divisó el angosto túnel del que le habían hablado y, sin pensarlo dos veces, empujó a su hija y la metió bien adentro. Fue un gesto rápido en el que empleó toda su fuerza. Luego se arregló las ropas y, con la dignidad de la que siempre se había revestido, salió a la arena.

Lavinia sintió pánico dentro de aquel agujero y el terror la sobrepasó cuando escuchó los ladridos de los perros. Se acurrucó, cruzó los brazos sobre las rodillas, y hundió la cara en ellas. No quería escuchar, no quería sentir... Y cuando los gritos se desataron fuera, Lavinia se arrastró más adentro en la oquedad negra y gritó de dolor antes de perder la consciencia.

Mientras, en el coso, los canes despedazaban a Pomponia y, a una señal de las trompetas, se encendían todas las luces del estadio.

El tribuno Fabricio Roscio estaba en los sótanos del Coliseo, coordinando las labores de limpieza y recogida de cadáveres. No era su turno, pero había hecho el cambio con un compañero.

—Tribuno, están destrozadas. ¿Quieres ver los cuerpos? —le preguntaron mientras bajaban al grupo de mujeres que acababan de echar a una jauría de perros.

El tribuno examinó los cadáveres conteniendo la náusea. Pomponia tenía en el cuello una herida enorme; al menos, pensó el tribuno, la muerte había sido rápida.

Lavinia yacía boca abajo. Le dieron la vuelta y uno de los cómplices de Fabricio pegó el oído a su pecho.

—Ha resultado, tribuno. Está viva. ¿Qué hacemos?

—¿A qué hora se sacan los cadáveres?

—Las carretas ya esperan; ahora mismo los llevarán al osario.

—Bien. Mi asistente está aguardando, tiene un carro. Se la entregáis y que parta con los otros. Ya tiene instrucciones.

Dos hombres se llevaron el cuerpo hacia la salida. El tribuno Roscio continuó supervisando.

Los cristianos tenían sus propios cementerios. Ruth nos lo había explicado y también nos había contado que estaban en el interior de algunas canteras que había en la Vía Apia. Eran lugares secretos y muy seguros, por lo que muchos cristianos se habían refugiado en ellos. Fabricio decidió que ése era el mejor sitio para ocultar a Lavinia de momento, y Josue la trasladó en el carro.

Era medianoche cuando, en el miliar que marca la milla cero, Ruth y yo esperábamos en la Vía Apia, cerca de la zona de las canteras.

Josué llegó sin contratiempos; no en vano era un pretoriano.

Ruth dijo que había que cruzar una arboleda. Ambas nos internamos primero entre los árboles, que proyectaban fantasmagóricas figuras; Josué, con Lavinia en brazos, nos seguía a una corta distancia. Después de la arboleda, cruzamos un pedregal y rebasamos la primera cantera. Ahora Ruth nos precedía. Grandes piedras obstruían el camino, pero Ruth tomó un pequeño sendero apenas visible y, bordeando un peñasco, emitió un silbido largo y prolongado. Nada. Ruth repitió el silbido, aguardó y, como por ensalmo, de entre las piedras surgió un hombre que nos hizo señas. Lo seguimos entre peñascos y, súbitamente, vimos la entrada, disimulada entre dos rocas.

Ya en el interior, el hombre nos guió a través de una sucesión de túneles iluminados con lamparitas de aceite.

—No os separéis de mi lado, y no perdáis de vista al guía —nos advirtió Ruth—. Los corredores se bifurcan y convergen, podríamos dar vueltas y más vueltas y no salir nunca de aquí.

El camino se hacía más estrecho y las lucernas se distanciaban a medida que nos adentrábamos en galerías que descendían. Sí, estábamos bajando dentro de la tierra. El hombre nos señaló una abertura angosta.

—Agachad las cabezas, el techo es muy bajo y no hay luces.

Además de la inclinación del techo, el pasillo era tan estrecho, que Josué se las veía y se las deseaba para pasar el cuerpo de Lavinia. Al poco desembocamos en una galería recta, con lámparas en los extremos. No pude evitar un estremecimiento al ver los nichos que se superponían en las paredes. Sabía que era un cementerio, Ruth ya me lo había explicado, pero jamás había visto una pared de tumbas; algunas estaban abiertas y dejaban entrever los cuerpos amortajados. Supongo que cada noche trasladaban como podían los restos de los suyos.

Escuchamos voces, muchas voces, que se volvían más y más precisas a medida que bajábamos por las rampas de tierra. Recordé haber leído que, en el subsuelo de Roma, había antiguas minas abandonadas. Probablemente nos hallábamos en el interior de una de ellas.

Las rampas desembocaron en un espacio más amplio, en el que numerosas personas iban y venían... Había gente tumbada en el suelo sobre mantas y esteras... El hombre nos indicó que dejásemos a Lavi-

nia sobre una de las mantas; una mujer se acercó solícita.

—Ponedla ahí, en seguida la verá el físico.

Me sorprendió la actividad reinante, y se lo comenté a Ruth.

—Es un lugar seguro, Marcia, un auténtico laberinto debajo de la tierra. No encontrarías un escondite mejor en toda Roma. Como ves, no hay que preocuparse por Lavinia, aquí está a salvo.

Aún aguardamos un rato, pero Lavinia no volvía en sí y el físico dijo que necesitaba descanso.

—Tenemos que irnos —apremió Josué—. Quiero estar fuera antes de la hora prima.

Salimos por otros pasadizos. Era curioso pero yo juraría...

—Josué, ¡por los dioses que vamos en dirección contraria!

—Creo que nos llevan a otra salida, tal vez por razones de seguridad.

Y Josué no se equivocaba.

Los guías nos dejaron en un tramo recto en el que penetraba luz natural; la tenue claridad que se filtraba nos indicó que ya era de día.

Al salir de aquella oscuridad, la luz, a pesar de su suavidad, me deslumbra y tengo que ponerme una mano delante de los ojos. Respiro hondo. Me alivia respirar, aunque el aire sea maloliente, aunque traiga con él todo el hedor de los orines y de las cloacas que desembocan en el Tíber.

Miles de cristianos perecieron en medio de atroces

suplicios. Los que no fueron destinados a los juegos circenses, fueron crucificados a lo largo de la Vía Apia. Los untaron con resina, pez, cera y aceite, y los encendieron como antorchas vivientes. La Urbe quedó iluminada por cientos de lámparas que se retorcían, y los romanos, asqueados, plegaron las togas y se ocultaron en lo más profundo de sus cubículos, para dar rienda suelta a la repugnancia y la abominación. Arrio Plautio fue decapitado, como así lo exigía su condición de senador romano; lo decapitaron en un lugar cualquiera de la Vía Apia y su cabeza rodó en medio de la podredumbre de los cuerpos chamuscados.

Lavinia tuvo mejor suerte. Tras pasar un tiempo oculta en la cantera, una tarde alguien trazó un pez delante de nuestra puerta. Séneca, que para entonces ya había regresado, ordenó que se acostase todo el mundo, mandó apagar las luces de la casa y aguardó sentado en el banco que había entre el portal y el vestíbulo; dos esclavos que habían nacido en la casa le hacían compañía. Yo no podía dormir, y en la soledad de mi cuarto acechaba los ruidos de la noche. Al filo de la segunda vigilia, oí pasos y escuché la voz de Paulina. El corazón me dio un vuelco, me incorporé en el lecho y Tirana se levantó de un salto.

—Están ahí, ama Marcia.

Entonces la puerta se abrió y Paulina se asomó con una lamparilla.

—Marcia, ven. Han traído a Lavinia.

Nos abrazamos entre risas y lágrimas. Nos abrazamos muchas veces sin cruzar una palabra. No hizo falta, el contacto de nuestros cuerpos era harto suficiente y los abrazos suplían con creces a las palabras. Lavinia estaba demacrada y sobre los pómulos se le marcaban las ojeras, pero a pesar de todo el sufrimiento, sus ojos conservaban un brillo especial. Lavinia durmió conmigo; fue decisión de Paulina. Unas horas más tarde Lavinia partiría en dirección a Pompeya para reunirse con Aurelia Domitilia.

—¿Tan pronto? —protesté—. No podríamos aguardar siquiera un par de días.

Pero Séneca se mostró inflexible. Séneca lo había meditado y había llegado a la conclusión de que lo mejor que se podía hacer por Lavinia era enviarla con Aurelia. La una y la otra habían perdido lo que les era más querido, así que se necesitaban. Séneca se había encargado de prepararlo todo, los transportes estaban a punto. Él y Paulina saldrían de nuevo hacia Pompeya, pero esta vez con Lavinia. No esperarían siquiera a que Lavinia se repusiese un poco más, porque Séneca no quería correr riesgos.

No le hablé a Lavinia de sus padres, ni tampoco mencionamos el anfiteatro, ni el cementerio cristiano, ni el incendio... Simplemente la ayudé a meter en los cestos las últimas cosas, esas que siempre se guardan para el final, porque Paulina ya había preparado su equipaje.

Al despedirnos Lavinia me dijo:

—Con Aurelia estaré bien. No intentaré reemplazar a Claudia, porque siempre la llevaremos en nuestro corazón, pero el tiempo cierra las heridas... Estaré bien, Marcia.

—Te escribiré.

—Eso espero.

—Oye, si ves a Fabio Romano...

—¿Qué quieres que le diga?

—Pues le dices... Mejor no le digas nada, no es más que un presuntuoso y, pensándolo bien, tampoco es para tanto. Seguro que en Pompeya hay jóvenes muchísimo más guapos... Oye, a Fabricio sí, a Fabricio le dices que nunca podré agradecerle lo que... Bueno, tampoco, dicho así suena a drama de Séneca.

Me reí. Nos reímos. De nuevo nos fundimos en un abrazo intenso y de nuevo la risa brotó fresca y espontánea.

La vi partir sintiendo que, a pesar de la distancia, ella estaría siempre ahí. Porque era Lavinia, mi amiga.

En el cielo de la Urbe descargan los rayos, y el granizo ha destrozado las cosechas. El pueblo hace ofrendas para aplacar a los dioses. Han salido procesiones para honrar a Vulcano y a Proserpina; rociaron con agua de mar el templo de Juno; y las matronas, tendidas en el suelo, han velado toda la noche... Pero no le echemos la culpa a los dioses de nuestros desatinos, y asumamos el crimen y el oprobio.

Sí, el oprobio.

No he vuelto a ver a Lavinia desde entonces. Es más prudente así.

Lavinia es un dulce recuerdo, y Claudia es polvo entre la nada. Nuestros juegos ya no existen salvo en ese espacio invisible de las confidencias que la memoria rescata. Pero juro que ellas, como la náyade que al amanecer se metamorfosea en agua, serán siempre fulgor en mi palabra. Y nada, ni siquiera el río del olvido conseguirá arrebatármelas.

Porque cuando escribo, dejo que fluya el esplendor de la vida...

Intensamente.

LIBRO III

(año 818 de la Urbe // 65 d. C.)

En el reinado de Tiberio Claudio Nerón,
siendo cónsules Silano Nerva y Atico Vestino.

Capítulo I

Séneca ha partido hacia los Albanos.

Se ha retirado definitivamente a su quinta de Preneste. Quiere vivir los años que le queden alejado de la política y dedicado por entero a la filosofía. Los terribles sucesos acaecidos en el último año lo han abrumado tanto que, por segunda vez, solicitó el permiso de Nerón para apartarse de la vida pública. Al príncipe no le agradó este extremo y en un principio se mostró reticente. Séneca no insistió, pero luego Nerón prohibió la lectura pública de los poemas de Lucano. Lucano quedó desconcertado, intentó ver al príncipe, pero éste no quiso recibirlo.

—¿Te acuerdas de los Juegos de la Juventud? ¿Aquéllos en los que le otorgaron a Lucano la corona de las Musas?... Lo vi venir. Sabía que no se lo iba a perdonar.

—Pero si ha transcurrido más de un año. Nadie se acuerda de aquello.

—Domicio sí. Domicio jamás olvida una ofensa. De pequeño ya era vengativo. Callaba y aguardaba su momento... Lucano haría mejor en alejarse un tiempo. Yo, por mi parte, le guste o no a Domicio, me retiro al campo. Es hora de dedicarme de lleno a mis escritos. Pero antes, eso sí, ofreceré la representación de una tragedia y le enviaré una invitación.

—¿Y si lo enojas? Si la emprende contigo como con Lucano...

—No se atreverá. Yo no soy un muchacho y él fue mi alumno. Le he sacado de muchas dificultades. Mientras él jugaba alineando soldaditos en un tablero, yo dirigía el Imperio.

El estreno de *Medea* congrega a muchos amigos y admiradores del talento de Séneca, y a todos los amantes del teatro, que en Roma son la mayoría. Lucano y Petronio se encargan de darle publicidad al evento y contratan a unos mimos y a unos funámbulos que lo anuncian en el Foro. Lucano manda pegar en las columnas de la Basílica Julia unos carteles, para que todos los que asistan a las sesiones de los tribunales puedan verlos.

El teatro Marcelo está hasta los topes. Nos acomodamos en un palco, a la izquierda del estanque con peces de colores que hay al lado de la orquesta, desde donde podemos contemplar a placer todo el recinto. La *cavea* está a rebosar y en el anfiteatro no cabe un alfiler. Todo el mundo se deja ver por todo el mundo... Voces, peleas, risas... De repente suena una música que anuncia el comienzo de la función; el telón sube

desde debajo del escenario y los rezagados buscan su asiento.

El telón está levantado, nuevamente suena una música, y de la parte alta de los muros se despliega el toldo que se va extendiendo hasta cubrirlo todo. El teatro entero queda velado por la sutil tela que tamiza la luz y nos envuelve en el misterio.

Silencio. Resuenan las trompetas, del proscenio brota una música de flautas y en la escena surge la primera máscara de trágica belleza.

¡Oh, la sublimidad de la tragedia! Ni siquiera la plebe, de continuo tan ruidosa, osa interrumpir los parlamentos. Yo la había leído, pero nada es comparable a las voces de los actores, al movimiento de los cuerpos, al colorido de las máscaras... ¡Qué daría yo por estar encima del escenario presentándole a Jasón los hijos muertos!... Clodia, la famosa Clodia, interpreta a Medea. Dicen que, como todas las actrices, Clodia lleva una vida disipada y que sus amantes son tantos como barcos entran en un día en el puerto de Ostia... Da igual. En escena, Clodia es la encarnación del mito, la palabra hecha épica... El mismo Séneca, de quien se afirma que no es indiferente a los favores de Clodia, se emociona.

Ya en casa, no dejo de pensar que el arte y la vida son ajenos, y que la grandeza de la obra artística reside en que nada tiene que ver con el sujeto que lo crea. Me refiero a este Séneca en zapatillas, de movimientos torpes y con dolores de estómago... A este Séneca familiar y cotidiano, que recuenta sus dineros y vigila las cosechas.

Por descontado, Nerón no nos obsequia con su presencia.

Séneca y Paulina se marchan a Preneste y yo, con Ruth, Celonia y Tirana, me instalo en la *domus* de los Mela, donde resido bajo el cuidado de Atila y la autoridad de Lucano.

Capítulo II

Hoy cumplo diecisiete años.

Tirana me despierta con un ramillete de violetas perfumadas. Me levanto y toda la casa huele a flores frescas. Han adornado los dinteles con guirnaldas de laurel y en las columnas del atrio cuelgan ramos de acebo. Tirana me viste con una túnica dalmática, regalo de Lucano, y Ruth me peina con unas trenzas altas.

—Deberías estar contenta.

Sí, debería estar contenta, pero la alegría ha huido de mi vida. Buenos días, funestos Hados. Buenos días, Erinias que acosáis a los mortales. Buenos días.

Pronto hará un año del incendio y de las espantosas matanzas de cristianos. Séneca se ha esforzado en consolarme: «Marcia, no cultives la tristeza, es una pasión perniciosa». Y Lucano... Lucano me recita los versos de Horacio:

No seas loca, filtra tus vinos
y adapta al breve espacio de tu vida

una esperanza larga.
Mientras hablamos, huye el tiempo envidioso.
Vive el día de hoy. Captúralo.
No fíes del incierto mañana.

—*Carpe diem,* pequeña. Hay que apurar la vida —me dice.

Yo me esfuerzo. Me esfuerzo en comprender, esperando el devenir del tiempo, ese que, según Séneca asegura, retorna los sentimientos a su justo lugar. Me esfuerzo pero no puedo alejar las pesadillas. Tengo un sueño que se repite en formas diferentes, un sueño nefasto que siempre me devuelve al infortunio: Claudia es una antorcha ardiendo que ilumina a Pomponia Plautia, a Pomponia destrozada por los perros. Me despierto sudando, Tirana me moja la frente y los resecos labios, y yo vuelvo a dormirme para ver a Josué conduciendo un carro de colores azules. Es de noche. Roma arde y el anciano judío Simón Pedro apaga las llamas con una copa de sangre.

Éste es el sueño, el sueño que se me repite y me deja un sabor a hiel y a almendras amargas.

Estoy tan sola.

Cuando tenía quince años y me sentía sola, Paulina decía que eran cosas de la edad. Hoy cumplo diecisiete años y lo único que siento es el infortunio de mi soledad.

Ruth me perfuma el cabello con sándalo y Tirana anuncia:

—El tribuno ha venido a visitarte. Te espera en la fuente de Diana.

Corro hacia el bosquecillo. Fabricio está aquí. Corro mientras el corazón me golpea. Hace dos meses que no lo veo.

—Felicidades —me abraza—. Estás preciosa.

—Hacía siglos que no te veía. Lucano dice que no participarás en las carreras.

—Ando muy ocupado. Ahora estoy a las órdenes directas de Tigelino y tengo el tiempo escaso. De todas formas, he pasado varias tardes por la escuela de danza y no te he visto.

—He dejado la danza.

—¿Por qué?

No le respondo, lo miro y no le respondo porque él ya sabe la respuesta. Me atrae hacia sí, y me recorre un escalofrío. Fabricio besa mis cabellos y yo cierro los ojos para sentir más intenso ese rumor de pájaros...

—Ahora voy a la biblioteca todas las tardes. He hecho muchos progresos, ¿sabes? Tantos, que Lucano me ha dado sus textos para corregírselos y Cayo Petronio va a traerme su novela.

—¿Una novela de Cayo? —se ríe—. Será una indecencia.

—Será.

—No creo que las chicas de buena cuna deban leer esas cosas. ¿Qué diría Séneca?

—Pues Séneca diría —imito el rictus del viejo Lucio y su mirada desdeñosa—: «Marcia, querida, es una vulgaridad, pero, puesto que te interesa...» Y oye, Fabricio, te recuerdo que mi cuna no es tan buena, mi madre era una liberta, y en cuanto a mi padre... Me pregunto cuál de ellos me habrá engendrado.

Su abrazo se hace más estrecho. Permanecemos callados contemplando las barcas que surcan el Tíber, sabiendo que ambos compartimos un mismo sufrimiento. Jamás hemos vuelto a mencionar a Claudia y jamás le he visto llorarla después de la noche del incendio, porque Fabricio, como todos los romanos, ha sido educado en la fría disciplina que hurta al hombre sus sentimientos.

Capítulo III

Dentro de poco comienzan las fiestas en honor a Ceres y en la casa hay un movimiento inusitado.

Se suceden las cenas y constantemente observo caras nuevas entre los invitados. No sé lo que ocurre, porque Atila no es muy dada a esta clase de convites y siempre le reprocha a Lucano sus dispendios, pero en las últimas semanas Atila ha recibido a varios senadores y también he visto al propio capitán de la guardia pretoriana, Subrio Flavio.

Tirana, que ha estado ayudando a poner calcetines y a recoger los zapatos de los invitados, dice que le atufa la nariz.

—Pues no recojas. No es labor tuya ponerles los calcetines a los invitados, para eso están las esclavas de Atila o las de Pola.

—Si no voy, no me entero, pero algunos podían hacer que sus esclavos les lavasen los pies antes de venir a una casa decente.

—¿No te enteras de qué?

—De lo que se chismorrea.

—¿Y qué se chismorrea?

—No sé bien. Son cosas de política. Todos hablan mal de Nerón, lo ponen pingando.

—Vamos, Tirana. Nadie osaría criticar a Nerón delante del capitán de los pretorianos.

—¿Quién es?

—Uno delgado, de bigote.

—¿Ése? Ése es de los que más marea la lengua. Ése, y otro más viejo, uno al que llaman Calpurnio, y que no debe de comer en su casa, porque ya ha venido tres veces y se atiborra de faisán. Uno que habla con la boca llena... Ése, ¡buf!... Ése echa pestes.

Cuando ya han servido los postres, Tirana llega excitadísima.

—En la cocina hay un esclavo del senador Cevino que está limpiando un puñal.

—Pues que lo limpie, mujer, que lo limpie. ¿A ti qué más te da?

—¿Es que vamos nosotros a llevar la roña a los sumideros de otros, o a echarles la basura en sus casas? ¿Eh, vamos nosotros? Pues en nuestra cocina no tienen por qué afilar y abrillantar sus cuchillos los esclavos de otras cocinas. Por eso te lo cuento, y porque prefiero poner el parche antes de que salga el forúnculo. Ama Marcia, aquí pasa algo raro.

—Tirana, no empieces con tus tonterías.

—¿Tonterías? ¿Acaso me equivoqué con el asunto de los peces? No. Tirana, cuando ve algo fuera de su sitio, sabe que está fuera de su sitio. Y ese tal Milico, que es como se llama ese esclavo nauseabundo, anda faroleando con el puñal por la cocina, diciéndole a todo quisque que dentro de muy poco no sólo será libre, sino que el puñal va a labrar su riqueza, porque no es un puñal cualquiera.

—¿Qué le pasa al puñal?

—Pues él dice... —Tirana baja la voz—, él dice que el senador Cevino sacó el puñal del templo de la Fortuna, y que se trata de un puñal consagrado para llevar a cabo una muerte... No me mires así, *domina,* no me lo estoy inventando. Es lo que repite.

—Estará borracho.

—Como una cuba. No para de tumbar cuartillos.

—Pues tranquilízate, Tirana, que el nauseabundo os quiere tomar el pelo. Anda... Y no la líes.

Pero no deja de inquietarme lo que cuenta Tirana. Sobre todo porque Lucano está muy molesto con Nerón desde que éste ha prohibido las lecturas públicas de sus poemas y lo ha apartado de su entorno; y por otro lado, Nerón está molesto con Séneca desde que éste se ha retirado a la quinta de Preneste. Pero de ahí a que... No, qué absurdo. Cayo Calpurnio Pisón es un destacado miembro de la Curia, y Subrio Flavio comparte la prefectura con el propio Tigelino.

De todas formas se lo preguntaré a Pola. O no, mejor no se lo pregunto, porque qué voy a preguntarle: ¿si están conspirando para derrocar al César? Qué estupidez. Pareces tonta, Marcia, ni que no conocieses a tu esclava... Claro que, ¡por Juno!, pienso empezar a asistir a una de esas aburridas cenas.

Sin embargo, ya no hay más cenas. Lucano y Pola se van a Tívoli. Lucano quiere acabar el largo poema *Farsalia,* que le ocupa ya más de nueve libros, y Atila vuelve a sus visitas rutinarias. Así que me dedico con deleite a la novela de Petronio. Quiere titularla *Satiricón* y, desde luego, sí que es indecorosa.

—¡Marcia!

Abro los ojos, los cierro y me doy media vuelta en el catre.

—Marcia, despierta.

Es Atila, Atila que me sacude.

—¿Qué hora es? Si acabo de dormirme.

Atila está delante de mí, desencajada...

Todavía es noche cerrada, y Atila, con la túnica de dormir y sin cíngulo, trata de espabilarme.

—Atila, ¿pero qué pasa?

—Levántate y ven al *tablinum.*

Me echo por encima la toga de lana que uso de cobertor y la sigo.

—Tienes que ir a Preneste.

—¿A Preneste?

Atila, demudada, se derrumba en un sillón.

—Lucano está perdido... Séneca está perdido... ¿Cómo ha podido pasar? La misma Antonia, la hija del difunto emperador Claudio, era de los nuestros, iba a presentarse en el campamento de los legionarios y pedirles que aclamasen al nuevo César... Todo estaba atado. Contábamos con tanta gente... Quién iba a pensar que un esclavo... Y Mela aún no ha llegado de Hispania... No sé cómo mandar aviso a Lucano. Tú ve a

Preneste y dile a Séneca que mañana no aparezca por la Urbe, dile que ponga distancia, que se vaya a Pompeya... Muévete, Marcia; si te das prisa, todavía podrás utilizar un coche.

En el patio aguarda uno de los carros ligeros. Tirana y Ruth viajarán conmigo. Iremos disfrazadas, en un carro cargado de cestos, como si fuésemos campesinas que regresan a la aldea. Atila ha pensado en todo.

—¿Es necesario todo esto?

—Por si acaso. Ignoro lo que se conoce del complot, pero sé que han detenido a Cevino. Supongo que la caza ha comenzado, que estarán dando batidas... Seguro que las puertas de la ciudad están vigiladas y si ya ha saltado el nombre de los Anneo... Haz lo que te digo, Marcia, toda precaución es poca... Y apresúrate o no os dará tiempo a llegar a las puertas antes de que amanezca.

No añade nada más. De súbito me acomete un temblor de piernas y busco a Celonia.

—Quiero que me des un veneno, una de esas ponzoñas que no causan padecimiento, quiero que sea rápido.

—¿Para qué quieres tú un veneno?

—Celonia, ignoro lo que va a ser de nosotros; es más, ignoro lo que está ocurriendo, pero no voy a pasar por la tortura. Si tengo que morir, quiero escoger la forma y el momento... Soy virgen y, antes de cumplir una sentencia a muerte, tendrían que forzarme. Y eso, no, Celonia, ningún pretoriano va a poner las manos en mi cuerpo, ningún hombre va a mancillarme. Dame ese veneno.

Aún no ha finalizado la tercera vigilia cuando un carro de cuatro ruedas tirado por seis mulas, uno de esos carros de viaje que se usan para transportar enseres, emprende su camino.

Yo viajo tranquila. Estoy tranquila porque, antes de partir, Celonia me ha dado una aguja para que me sujete el pelo. Es una aguja hueca, de esas que las matronas llenan de perfume. La llevo prendida en el pelo. Tan sólo un gesto rápido, y el veneno resbalará y entrará por mi piel antes de que nadie pueda darse cuenta.

Nunca había estado fuera de casa tan temprano y me asombra la actividad de las calles. Circulan los últimos carros y en los mercados están montando los primeros puestos. Paulina me había contado que se habían mudado a la casa del Aventino porque, cuando residían en el centro, Séneca no podía dormir a causa del ruido. Y debe de ser cierto a juzgar por el bullicio que montan los borrachos que salen de los burdeles y los rezagados que vuelven de la juerga nocturna.

El carro ataja por un suburbio miserable que jamás había pisado y en el que la pestilencia se mezcla con la visión de la podredumbre. A pesar de que aún está oscuro, nos llegan las voces de los que se levantan, altercados domésticos y el llanto de los niños. De lo alto de una *insula* cae un montón de basura que se estrella contra las ruedas del carro.

—¡Pandilla de marranos! —insulta Tirana.

El coche gira en dirección a la puerta Esquilina.

Además de los habituales guardas de la puerta, vemos a seis o siete pretorianos.

—Están registrando los carros —dice el cochero—. ¿Qué hago, *domina?*

—Continúa como si tal cosa. No creo que les importen las legumbres.

Estamos en la fila de carros, aguardando nuestro turno, cuando uno de los pretorianos se vuelve. Josué nos mira... Nos mira y con paso rápido va hacia el cochero.

—Sal de la fila.

—Pero...

—Que salgas, te digo. Sal y circula pegado a la cuneta.

Josué se empina al pescante y toma las riendas. Tirana aprieta los labios. Ruth se envuelve en su *palla* y yo me llevo la mano a la cabeza y palpo la aguja, que sigue en su lugar.

Al llegar a la puerta, Josué les espeta a sus camaradas:

—De este carro ya me ocupo yo.

Uno con pinta de galo mete la nariz entre las lonas y nos guiña un ojo.

—Oye, Josué..., sí que son buenas mozas, pero estás de servicio. A mí no me enredes. Además, son tres —se ríe—. No podrás con todas.

Se acerca otro pretoriano y Ruth, con una sonrisa encantadora, les ofrece manzanas y fresas.

—Son las primeras. Acabamos de comprarlas en el Foro Boario.

—¿Tan temprano?

—No es tan temprano, pretoriano. Mira, está saliendo el Sol.

—¿De qué conoces tú a éstas, Josué?

—Es mi novia —contesta, señalando a Ruth.

Los pretorianos muerden la fruta, dándose codazos. Se divierten un rato.

Josué se baja del pescante, monta un caballo y grita:

—¡Eh, Lucux!, sustitúyeme, ¿quieres? Vuelvo en un instante.

Nos escolta hasta la Vía Praenestina.

—No sé adónde vais, ni quiero saberlo. Pero id con cuidado.

—¿Cómo están las cosas, Josué? ¿Por qué hay tantos controles?

—Buscamos gente..., gente importante... Tenemos una lista.

—¿Está el nombre de los Anneo?

—No. Al menos no lo he visto, pero lo que sucede es muy gordo... Guárdate.

—Gracias, Josué.

Josué coge la mano de Ruth y le besa los dedos. Ella se deja hacer.

—Fuera de la ciudad, aún no hay controles, pero daos prisa... Yo, por mi parte, alertaré al tribuno. Salud.

Gira el caballo y galopa de nuevo hacia su puesto.

Capítulo IV

Cuando llegamos a la quinta de Preneste, Paulina está en el telar y Séneca trabaja en sus escritos. Él me escucha sin inmutarse.

—¿Le digo a Paulina que prepare el equipaje?

—No. Si las cosas están como pienso, nada se logra con huir.

—Se gana tiempo —respondo—. Tú siempre has dicho que el tiempo es importante.

—Tengo sesenta y cuatro años y ya estuve una vez en el exilio. Me quedaré en mi casa.

—Pero...

—Debes ser fuerte, Marcia, y preparar tu espíritu para lo que todavía has de soportar.

No hace falta que pregunte. No hace falta que pregunte cuál es la sombra amenazante que se cierne sobre nosotros.

Se ha destapado la conjura. Porque sí, se trataba de

una conjura para derrocar al príncipe. Calpurnio Pisón es la cabeza, pero también están implicados personajes muy próximos a Nerón, incluso amigos íntimos. Todo estaba tramado, los conspiradores habían estudiado al detalle el complot que hace un siglo segó la vida de Julio César, y pensaban repetir punto por punto el magnicidio. El senador Larentano esperaría a Nerón en el corredor de entrada al anfiteatro, se arrodillaría para presentarle una rogativa y, simulando un acto de acatamiento, se abrazaría a sus rodillas para inmovilizarlo. El senador Cevino le asestaría la primera cuchillada con el puñal que, para ese fin, había sacado del templo de la diosa Fortuna... Sí, ese puñal que se afilaba en nuestra cocina. Y ha sido el esclavo de Cevino, el nauseabundo esclavo, quien le ha ido con el cuento a Tigelino.

Y pensar que Tirana me alertó... Cómo iba yo a imaginar que un borracho nos perdería a todos... Tigelino señaló a muchos, entre ellos a Lucano, y alguien dijo que Séneca era el hombre en quien Calpurnio Pisón había pensado como consejero.

Paulina asegura que Lucio ni siquiera lo sabía, y Séneca calla.

Séneca calla y dispone las cosas de su casa. Se encierra en su despacho con los libertos de confianza y dicta testamento.

Un viejo servidor, entre hipos, me cuenta que ha mandado llamar a Tomicio, el embalsamador, y que Paulina está repartiendo sus joyas y vestidos entre las esclavas, y que ha mandado sacar una toga parda para que le sirva de sudario, porque quiere suicidarse junto a su marido.

Por la tarde ya sabemos que han apresado a Lucano y Séneca está seguro de que vendrán mañana.

Corro al despacho, pero ha dado orden de que no se le moleste. Corro al encuentro de Paulina y, al entrar en el cuarto que sirve de dormitorio a los esposos, veo la toga extendida sobre el lecho.

—Paulina, no me dejes. ¿Qué va a ser de mí si me abandonáis todos?

—Mi pobre niña... Mejor hubieras hecho permaneciendo en tu casa. Nunca debiste venir a esta ciudad de los horrores.

—Paulina —sollozo—, perdí a mi madre, he perdido a Claudia, no he vuelto a ver a Lavinia, quizá tenga que ver morir a Séneca... En cuanto a Lucano... ¡Que se abran de una vez los cielos! Por favor, Paulina, no lo hagas.

Todavía no está el Sol en el cenit cuando Fabricio se presenta ante nosotros. Viene demudado y en sus profundas ojeras puedo leer lo inevitable del destino.

—Lo siento mucho, Marcia, queridísima.

Me abre los brazos y me precipito contra su pecho. Él me aprieta casi hasta hacerme daño.

—Soy el mensajero de la muerte —afirma, sombrío, sin aflojar su abrazo.

—¿Por qué tú? —le pregunto entre lágrimas.

—Lo he pedido yo. Subrio Flavio está detenido y no he querido que fuese Tigelino ni ningún extraño. Te lo debía, aunque juro por lo más sagrado que me duele tanto como si se tratase de mi propio padre.

—Lucano está detenido.

—Lo sé. Estaba presente cuando Tigelino estampó los sellos.

Lo conduzco al *tablinum,* sin soltar su mano.

Séneca no pierde la cortesía:

—Sé bienvenido.

—Salve, Lucio Anneo.

—Has llegado demasiado pronto, tribuno. Aún me quedan asuntos que disponer. ¿Podrás aguardar hasta que el Sol se ponga?

—Séneca, yo cumplo con entregarte esto —le tiende la fatídica caja de madera que contiene el estilete.

Lucio la coge y la deposita con cuidado encima de la mesa.

—Ahora que ya he cumplido el fatal designio que, como tantas otras veces me ha tocado en suerte, si en tu bondad me mirases como a uno de los tuyos, desearía acompañarte en esta hora.

—Si ése es tu deseo, quédate. Marcia, dile a Paulina que al caer la tarde todo debe estar a punto.

Y al caer la tarde, todo está a punto.

No presencié la muerte de Séneca, pero según supe después fue solemne y ceremoniosa.

Séneca se despidió de todos y mandó leer algunos pasajes de sus obras; él mismo recitó unos fragmentos. Todo resultó muy teatral, y cada cual cumplió el papel que le había sido asignado. Séneca transformó el acto de su muerte en su postrera escenografía y se elevó a la categoría sublime de los héroes que pasan a la Historia.

No presencié la muerte de Séneca porque un mensaje de Petronio nos hizo saber que también Atila estaba presa, y mi tutor me ordenó regresar al Aventino inmediatamente.

—Es preciso, Marcia. Cada uno tiene que jugar, ahora más que nunca, el papel que le toca en esta comedia. Aquí no hay nada que puedas hacer y tu presencia es necesaria en la casa del Viminal. El tribuno irá contigo.

A continuación se dirigió a Fabricio:

—Roscio, eres un hombre de honor por lo que he visto. A ti te la encomiendo...

—Por mi vida, Séneca.

—Adiós, pequeña Marcia, que tu luz jamás se extinga... Y que los dioses os sean propicios.

Fabricio nos lleva de regreso. Por suerte la casa no está precintada y no han molestado a la servidumbre. Celonia nos informa que vino el mismo Tigelino a buscar a Atila, y que la trató con respeto.

Me derrumbo sollozando en uno de los bancos de la entrada. Los fuertes brazos de Fabricio me sostienen y, como aquella tarde en el Foro, su mano es cálida, su mano es fuerte...

—Vamos, cálmate. Veré a Tigelino. Verás cómo todo se arregla.

—La matarán. La matarán también a ella. Tigelino se ha propuesto acabar con los Anneo. Pero el príncipe... ¿Cómo puede consentir Nerón que prendan a una matrona de su edad?

Fabricio no dice nada, y de pronto me acuerdo de Agripina.

—Nerón mandó matar a su propia madre.

Y entonces Fabricio exclama:

—¡No hables de eso, Marcia! ¡No quiero que hables de eso!

Sorprendida, le veo la mirada opaca.

—Fabricio, ¿qué sabes tú de la muerte de Agripina?

Pero él vuelve la cabeza, ocultándome los ojos.

—Fabricio, tú no...

Me arrodillo, le giro la cabeza y le apremio.

—Cuéntamelo.

—No, Marcia.

—Cuéntamelo, Fabricio. Cuéntamelo en esta noche infausta.

—Ahora no. Mañana.

—¿Mañana? ¿Por qué supones que habrá un mañana? Cuéntamelo ahora, porque si no lo haces, acaso no haya un lugar para nosotros.

—Fue de madrugada. Estábamos en la localidad costera de Bayas. Yo dormía y Afanio Burro se presentó en mi casa. Yo servía a las órdenes de Burro, que entonces era el prefecto. Me ordenó que llevase a un hombre a Baúles, a la villa de Agripina; el hombre tenía instrucciones concretas.

—Fue la noche del naufragio, ¿verdad? La noche en la que ella nadó hasta la playa.

Asiente.

—¿Quién era ese hombre?

—Aniceto, el capitán de la flota de Mesina, el piloto del barco, ya sabes... Yo esperé en la entrada, no tuve arrestos y me quedé en la puerta... Todavía hoy tengo pesadillas... Escuché los golpes. Aniceto salió con las manos teñidas de sangre. Afanio Burro me reiteró el agradecimiento del príncipe y pasé a ocupar el grado de tribuno. Nunca tuve valor, Marcia... Nunca tuve valor para abrir la boca. Es tan indigno...

Se abren los cielos y se abate el monstruo de la ignominia. Se ha abierto la caja de Pandora y todos los males andan sueltos, pero aún hay algo que me resta por saber.

—Dime, ¿Séneca?... ¿Séneca tuvo algo que ver con el matricidio?

—Déjalo correr, Marcia. ¿De qué te sirve conocer la verdad?

—¿Séneca fue cómplice de la muerte de la emperatriz?

—Séneca permaneció toda la noche en compañía de Nerón. Cuando se supo que ella no se había ahogado, Séneca envió por Aniceto... Juzga tú misma.

Intenta abrazarme, pero lo rechazo.

—¿Te inspiro horror, no es eso?

—No sé lo que me inspiras, no sé lo que me inspiráis todos vosotros. Ni siquiera sé si puedo sentir algo.

Se levanta, arregla los pliegues de su toga, se alisa el pelo y llama a Celonia.

—Cuida de tu ama. Haz que se acueste y dale algo para dormir. No permitas por nada del mundo que se mueva de esta casa hasta que yo regrese.

Luego se inclina hasta rozarme la sien con su boca.

—Me voy, Marcia; voy a ver a Tigelino.

Celonia me hace beber una pócima caliente y en seguida un humo espeso me nubla los ojos.

Y sueño. Sueño con Agripina y con la villa de

Baúles. Agripina y la abuela Aurelia degustando mosto de uva y riéndose juntas. Agripina avanzando con una cesta de setas entre las columnas... Aurelia extendiendo los brazos, tratando de detenerla. Agripina riendo, mostrando sus dientes afilados... Agripina nadando entre las olas... La hoja curvada del cuchillo... El cuchillo reluciendo en las manos del esclavo... Tirana gritando en la cocina...

Entonces grito. Grito hasta que la boca de Fabricio me tapa los labios.

—Tranquila, princesa. Tranquila. Ya se acabó todo.

Capítulo V

Han pasado los días.

Fueron muchas horas de desesperanza, durante las cuales dormí profundamente. Todas las noches, la vieja Celonia me administraba un somnífero de hojas de láudano en una dosis tan alta que me mantenía en la inconsciencia de los sueños.

Séneca está muerto. Lucano está muerto. Paulina, sin embargo, vive, porque los soldados le vendaron las muñecas por orden expresa de Nerón, que no tenía nada contra ella.

Pola Argentaria buscó el amparo de su padre, pero Atila está en casa.

Siento un extraño alivio.

Aquella madrugada, Fabricio fue a ver a Tigelino. A Atila la habían detenido porque Lucano había declarado que su madre formaba parte de la conjura. Sí, Lucano, su propio hijo se convirtió en un repugnante delator... En el afán de salvar su vida, Lucano quiso revertir la culpa en su propia madre. Cuando Fabricio me lo cuenta, no puedo creerlo, pero tengo que rendirme a la evidencia porque la misma Atila me lo confirma.

—¡Ay, Marcia!, más me hubiese valido haber muerto que ver lo abyecto de esta hora...

—Atila, no puede ser. Lucano no... Alguna Furia maligna se apoderaría de su mente.

—Sí, mi niña, la furia del terror, el terror a la nada. Ya ves, ¿de qué le valió ser un elegido de las Musas? ¿De qué le valieron los laureles? Vendrá un tiempo en que, al leer sus versos, alguno exclamará: «He aquí un poeta»; pero sin duda, otro habrá a su lado que exclame: «He ahí el poema de un hombre deshonrado». Y ahora, escúchame, Marcia, escúchame porque sólo te lo diré una vez y luego callaré y sellaré mis labios. Tú no eres hija de Julio Galio, aunque él te haya adoptado. Tu padre es Mela, así que eres la hermana de Lucano. Era tu hermano y fue mi hijo, pero jamás quiero oír pronunciar su nombre.

Lucano denunció a su madre para salvar su vida, insensato intento, porque Nerón hizo oídos sordos. Siempre he tenido la duda de si el príncipe lo creyó o no, y me inclino a pensar que sí, porque Atila estaba al tanto de todas las cosas y nada le hubiera agradado más que ver al hijo de Agripina pagar por el asesinato de su madre, como nada le hubiera agradado más que ver a Séneca controlando de nuevo los designios del Imperio. Y si la perdonó, fue precisamente porque ella le llamó Domicio Aenobarbo, como siempre había hecho en los días de su infancia, cuando él era un niño venturoso que escuchaba, sumiso, las lecciones de Séneca.

También Fabricio hizo todo cuanto estuvo en su mano. Se presentó ante Tigelino aquella misma noche y le juró que Atila vivía retirada y ajena a la política. Le hizo ver al prefecto que nada se ganaba con la muerte de una matrona respetada; que, por el contrario, esto soliviantaría más los ánimos, y que las esposas y madres de los senadores no se iban a quedar calladas. Tigelino era sobradamente inteligente y comprendió que Fabricio tenía razón; habían tocado techo. Parece ser que él mismo intercedió por Atila e hizo ver al emperador que Lucano, involucrando a su madre, sólo pretendía librarse de la muerte.

En cuanto a Lucano...

Falleció en las calendas de mayo. Dejó la vida recitando. Escogió los versos de un poema suyo, los versos del soldado que agoniza después de la batalla. Y se clavó la daga.

Dignamente.

Capítulo VI

Atila, como si nada hubiese sucedido, hila en la rueca.

Tal vez también la existencia pende del delicado hilo que da vueltas y va tejiendo la urdimbre. Sólo eso.

Me siento en un taburete y cojo el huso.

—Te casarás en octubre. Octubre es el mejor mes para una boda.

—Pero Atila, ¿quién te ha dicho que quiero casarme? Ni siquiera estoy prometida.

—Claro que quieres casarte, jovencita. Ya vas con retraso, has cumplido diecisiete años. Además, él me gusta.

—¿Él?

—No te hagas la tonta. He visto cómo le miras.

El rubor me colorea las mejillas.

Tirana entra en ese momento, precediendo a un criado de la casa de Petronio. No hemos sabido de Petronio desde que nos alertó acerca de la detención de Atila.

El criado le entrega una misiva.
—Es para ti, Marcia.

De Cayo Petronio a Marcia Annea Galia.

Desde Cumas, donde me encuentro, quiero decirte adiós, paloma mía.

Me voy, querida, abandono la vida, no por mi propia voluntad, pues la vida es siempre hermosa. Pero la vida no nos pertenece.

Sé que la orden de Nerón llegará en las horas vespertinas; ya sabes que siempre me mantengo informado. Y tengo todo preparado.

A la hora novena se servirá una cena en casa de Petronio, a la que acudirán muchos amigos. Por supuesto, si estuvieses aquí, te invitaría, aunque contemplar mi tránsito avivaría tu pena... Al filo de la undécima hora me sumergiré en el calor del baño y el físico me cortará las venas. Pero antes, mis amigos celebrarán a las Musas, mientras las esclavas sirias, que tantos deleites me han proporcionado, ejecutarán para mí una danza erótica, y el joven Trimalce, ese efebo al que le entregué un amor sin medida, escanciará el vino... Brindaré. Brindaremos por el placer y por el arte pleno. El último brindis. Si en el íntimo recogimiento de tu jardín, alzases tu copa por este amigo tuyo..., me harías feliz.

De cualquier modo sé que, si no ahora, compondrás para mí los más exquisitos versos elegíacos. Te beso en los labios, mi paloma. No llores por mí, pues he recogido frutos amargos y frutos inmensamente dulces. No me quejo.

Pero tu juventud es demasiado hermosa para ser troncada; por eso, haz caso al consejo de este viejo amigo: abandona la Urbe. Regresa a tus islas, allá donde te aguardan las lisas arenas de una playa. Bebe del sol y deja que el viento empape tu dulcísimo cuerpo no contaminado. Huye, tú que aún estás a tiempo.

Huye. Antes de que sea demasiado tarde.

Que tu halo siga siendo parapeto contra las tempestades.

Petronio

Me vuelvo al criado.

—¿Cuándo te han dado esta carta?

—El amo me la dio antes de... Pero fue su voluntad que no te la entregase hasta después de que su cuerpo ardiese en la pira. Excusa, pero fue su voluntad.

Le tiendo la carta a Atila y le pido a Tirana que me lleve al jardín una copa de vino.

—Será de mosto. Las jóvenes no beben vino.

—No, Tirana, de vino. De ese vino de las bodegas de Hispania. De ese vino puro.

Anochece. El horizonte se tiñe de naranja y desde la colina contemplo la serpiente de ese río oscuro.

El vino está caliente y dulce, y amarga es la saliva de mi boca. La voz de Fabricio, a mis espaldas, me envuelve y me sobrecoge al mismo tiempo.

—¿Estuviste en su cena? —le pregunto.

—Estuve.

—¿Fue como él quería que fuese? ¿No flaqueó su espíritu?

—Ni por un instante.

Fabricio me besa los párpados, las mejillas, el cuello... Mi ánimo se quebranta y el llanto contenido durante tantos días, al fin, estalla.

Capítulo VII

Fabricio se marcha.

Deja el servicio de la guardia pretoriana y parte con las legiones. Parte hacia la frontera del Rhin.

Porque Fabricio Roscio no hallará la serenidad si no se aleja de Roma.

Fabricio se marcha, pero antes me ha pedido en matrimonio. Su padre vino expresamente de la Campania y presentó la petición formal.

Sí, Fabricio me ha pedido en matrimonio y, aunque se me puso un rumor de pájaros en la cabeza, le he dicho que no.

Es cierto que me atrae y que, cuando me abraza, siento cosas que jamás había sentido, pero estoy confusa, tan confusa... La tristeza abre surcos en mi carne, y lo único que ansío es dejar que el sentimiento se transforme en palabras.

Las palabras.

Las palabras que nacen del dolor.

Sobran las explicaciones. Fabricio sabe perfectamente lo que se interpone entre nosotros. Y comprende.

—¿Ya has pensado lo que vas a hacer?

—Creo que sí. La carta de Petronio disipó mis últimas dudas.

—Siempre estaré ahí, Marcia.

—Lo sé.

Releo una y otra vez la carta de Petronio y, finalmente, me decido.

Voy al encuentro de Atila y le comunico mi decisión de abandonar la Urbe. No se opone.

—Tantas muertes..., tantas muertes inútiles... Me despierto en la noche y veo cuerpos exangües. Salgo a la calle y por todas partes hay soldados apostados. Ayer me di de bruces con Tigelino al salir de la biblioteca, y me taladró con sus pupilas de buitre. ¿Sabes?, Claudia Acté me previno contra Tigelino. Atila, ya nada me retiene aquí.

—Nada, excepto Fabricio. Claro que si él también se marcha... Dime, ¿por qué lo has rechazado?

—Él era de Claudia.

—Claudia está muerta. ¿Qué sucede, Marcia? Si te gusta, ámalo. Los muertos no regresan.

—Fabricio aún no ha olvidado a Claudia y yo no resistiría que la sombra de Claudia durmiese entre nosotros. No, Atila. Y no es únicamente por Claudia, hay otras razones.

—Puesto que las cosas están de esa manera, sólo

te pido que no te precipites, que no te marches hasta después del verano.

—Si así te place...

Capítulo VIII

Transcurren aún varios meses.

Transcurren varios meses en los que la vida recupera su pulso. No guardamos luto. Atila no viste de blanco y las amigas no vienen a ofrecerle condolencias, ni le traen las tortas de los muertos. Ahora Atila recibe nuevamente y se ha establecido un pacto de silencio que todos respetamos.

En cuanto a mí...

Pola Argentaria pasó a despedirse. Se dispone a viajar a Hispania, a Córdoba, donde nació Lucano, para arreglar cuestiones de herencia.

—Después no sé, Marcia. Ha sido un duro golpe... Quiero pedirte algo.

—Tú dirás.

—La obra de Lucano... Debería ocuparme yo misma, pero me falta valor. Hazte cargo de todo. Lo que tú hagas estará bien. Sé que Marco desearía que fueses tú. Te quería tanto...

—Lo sé. Era mi hermano.

—Él murió con dignidad, Marcia... En los últimos minutos se maldijo por haber delatado a su madre. Fue un instante malévolo... Sólo un instante, y uno se pierde. Despídeme de Atila. Yo no me atrevo...

Me hago cargo de la obra de Lucano. Acabo de corregir y clasificar los rollos de la *Farsalia;* a continuación llamo a los copistas y les encargo tres copias.

Por fin, un día, todo está a punto y terminado.

Yo misma le llevo una copia a Marcelo para que la guarde en la biblioteca.

—Conserva estos versos con mimo. Lucano fue un gran poeta, el más grande después de Virgilio. Éste es su legado.

—Pierde cuidado, Marcia Galia. Los guardaré con los de Prudencio y Catulo; él amaba a Catulo.

Deposito otra en la Casa de las Vírgenes Vestales, para que su voz ocupe un lugar junto a las viejas profecías.

Atila está en el telar cuando entro a decirle adiós. Prosigue envolviendo el hilo alrededor del huso, sin apartar el pie del pedal de la rueca.

—Has tomado una sabia decisión, sobre todo si estás decidida a no casarte.

—Lo estoy. Al menos de momento.

—¿Estás segura de que no prefieres viajar a Grecia? Podrías visitar a Julio Galio.

—¿Para qué? Ni siquiera es mi padre... Atila, no sé por qué me lo ocultaron, y de hecho ya no me importa quién fue mi padre. Un padre no es sólo el que te engendra. Pero me alegro de que haya sido Mela, me alegro por una sola cosa... Perdona, ya sé que no quieres volver a oír su nombre, pero yo le quise mucho..., le quiero, Atila, a pesar de todo lo quiero, y me siento orgullosa de que haya sido mi hermano.

Atila continúa hilando.

—Podrías ir a Lesbos. Antes era tu mayor deseo.

—Antes... No hay nada que pueda aprender en Lesbos, ya no.

—¿Y adónde irás?

—A Sicilia. Regreso a Siracusa.

—No quisiera que lo lamentases.

—Quiero consagrarme por entero a la poesía. Sé que puedo hacerlo.

—No lo dudo, pero te volverás una joven solitaria. ¿Y luego? Nada puede detener el tiempo. Estarás sola con tus escritos ¿Crees que te bastará?

—No lo sé, pero debo averiguarlo.

—De acuerdo. No olvides quién eres, ni olvides tu nombre, ni tu *gens*. Y da cumplida cuenta de estos hechos.

Antes de mi partida, le envío a Claudia Acté la tercera copia.

Acté:

Regreso a casa. Pienso que te agradará tener los poemas de Lucano. Ésta es la obra a la que consagró tantos años, aunque no sean sus mejores poemas.

Siempre estarás en mi recuerdo. Tuya,

Marcia

Toca a su fin este verano caluroso. Los árboles pierden las primeras hojas. Roma adquiere esa tonalidad cobriza que a Lavinia tanto le gustaba. El otoño era la estación preferida de Lavinia; en cambio Claudia..., a Claudia le encantaba la primavera.

Embarco en Ostia.

Éstos fueron los hechos. Éstos fueron los hechos que viví y así he querido contarlos. Nada más fiel a la memoria de los que llevo en el corazón.

Desde el promontorio veo a Tirana paseando en compañía de Drusilo, el muchacho con el que va a casarse pronto. Drusilo es liberto de uno de mis vecinos y, antes de que se desposen, le daré a Tirana la libertad, para que sus hijos nazcan libres. Tirana le mete en la boca una fruta fresca. Tirana ríe, y su cuerpo grácil y sus oscuros cabellos que el viento desordena me devuelven la figura de Claudia.

Ya han pasado tres años. El senador Sulio ha adoptado a Lavinia, que se ha convertido así en la nieta de Aurelia. Lavinia se ha casado en Pompeya, seguramente con uno de esos jóvenes guapos, y es madre de una niña que se llama Claudia.

Ya han pasado tres años y Claudia y Lavinia son imágenes entrañables que me punzan el alma. A veces, sólo a veces, cierro los ojos para evocar sus risas, pues, a medida que el tiempo discurre, se desdibujan las líneas de sus rostros, y no quiero perderlas... En cambio, la faz de Lucano, carne esculpida en mi propia carne, se torna más y más precisa, como si los Atlantes la hubiesen fijado para siempre en mi retina.

He tenido carta de Fabricio. En ella me cuenta que Ruth y Josué también se casaron, y aunque Josué no comparte la fe de Ruth, celebraron la boda por el rito cristiano. Sí, tuve carta de Fabricio. La posta me la trajo ayer y ya la he leído cuatro veces. Y ahora, mientras baja el Sol, la leeré una vez y otra, hasta que el mar se funda con la tarde.

Nunca quise que esto sucediese. Nunca lo quise, pero Petronio afirmaba que las heridas de amor abrasan las entrañas porque el amor es una pasión desmesurada. Y no puedo... No puedo dejar de desear a Fabricio. ¿Es esto el amor? Cuando dejé la Urbe, lo hice decidida a dedicarme de lleno a la escritura, pero la Musa me disculpará que la traicione si otros afanes se han cruzado en la andadura. Porque yo, Marcia, después de los avatares que he vivido y de todo el horror del que he sido testigo, he tomado las riendas de mi propia existencia; y yo, Marcia, vencidos todos los escrúpulos, al fin, he decidido..., he decidido amar.

Amaré a Fabricio, y que la Musa y Claudia me perdonen.

Allá, en el fondo de la playa, se perfila una presencia. La presencia de alguien que avanza. No distingo quién... ¡Por Júpiter Capitolino! No puede ser... Sosiégate, Marcia..., pero sí, sí...

Con los pies descalzos corro por la playa. Con los pies descalzos corremos por la orilla. Con los pies descalzos Fabricio me abraza... Puntos de espuma, nuestros cuerpos se hunden en el agua.

—Te amo, queridísima. Te quiero, princesa, mi princesa... Mi querida Marcia.

Al calor de la lumbre nos amamos. Al calor de la lumbre Fabricio me cuenta que Nerón ha muerto y que un nuevo César manda en el Imperio del águila.

Nerón acabó sus días clavándose un puñal en la garganta. Él mismo ordenó cavar la fosa y preparar la pira; los que querían hacer ultraje de su cuerpo no pudieron. Claudia Acté lo evitó.

Claudia Acté, de noche, recogió sus restos y los sepultó en el panteón de los Domicios, hurtándolo así al escarnio y la vesania.

Nerón murió pasados dos días de las nonas de julio el año 821 de la Fundación de Roma, 582 años exactos de la Caída de los Reyes, año 68 de la era cristiana.

He aquí la postrera escena del último drama. Bajemos el telón.

Nos hemos casado esta tarde. Al entrar en la domus, Fabricio me ha hecho entrega de la redoma de aceite para que ungiese los goznes y me ha preguntado:

—¿Quién eres tú?

A lo que yo le he respondido:

—Donde tú eres Fabricio, yo soy Fabricia —según la fórmula de los antiguos etruscos.

Tirana ha perfumado el lecho nupcial con esencia de lirio y polvo de nardo, y ha puesto en la almohada la piel de dos serpientes. La serpiente de Júpiter, para que Fabricio pueda fecundarme, y la serpiente de Juno, para que la diosa me conceda un feliz parto.

En el jardín todos cantan. Hasta nosotros llega un dulcísimo sonido de flautas y por la ventana el viento marino trae aromas de sal. El mar es el azul, y el amor...

El amor es este rumor de pájaros.

Fabricio baja la luz de la lámpara y Tirana entra y se acuesta al pie del tálamo para velar, como siempre, nuestro sueño.

Séneca decía que la muerte era una necesidad y que la vida debía servir para preparar ese momento trágico y sublime que supone el final de la existencia. Pablo de Tarso, el predicador cristiano, hablaba de la luz al final del camino... La vida es para vivirla intensamente, como me dijo Claudia Acté en una ocasión. Y la luz..., la luz es el reflejo de la serenidad...

Quizá nada sea eterno, salvo la palabra.

COLECCIÓN PERISCOPIO

César Mallorquí, *Las Lágrimas de Shiva*

José María Latorre, *La isla del resucitado*

Javier Negrete, *Memoria de dragón*

Alfredo Gómez Cerdá, *A través del cristal empañado*

Pau Joan Hernàndez, *La Tripulación del Pánico*

Cristina Macía, *Una casa con encanto*

Andreu Martín, *Ideas de bombero*

Elia Barceló, *La roca de Is*

César Mallorquí, *La puerta de Agartha*

Andreu Martín, *Los dueños del paraíso*

José Mª Plaza, *No es un crimen enamorarse*

Jordi Sierra i Fabra, *El asesino del Sgt. Pepper's*

Germán Díez Barrio, *Un verano... faxcinante*

Lola Gándara, *La oscura luz del Tíber*

Alice Vieira, *Chocolate con lluvia*

Blanca Álvarez, *Tres besos*

Jordi Sierra i Fabra, *Donde el viento da la vuelta*

Laura Gallego, *La hija de la noche*

Fernanda Krahn Uribe, *El otro techo del mundo*

Pere J. Carbó, *La corta-rápid*

Malcolm Rose, *Dosis letal*

Joan Manuel Gisbert, *La Voz de Madrugada*

María M. Vassart, *¿Y ahora qué?*

Fernando Lalana, *El enigma N.I.D.O.*

Manuel Alfonseca, *Tras el último dinosaurio*
José Antonio del Cañizo, *El castillo invisible*
Carmen Gómez Ojea, *El diccionario de Carola*
Vicente Muñoz Puelles, *2083*
Evelyne Brisou-Pellen, *El anillo de los tres armiños*
Anthony Horowitz, *El regreso de la abuelita*
Pablo Barrena, *¡Que me parta un rayo!*
César Mallorquí, *El último trabajo del señor Luna*
Milio Rodríguez Cueto, *Laura contra el tiempo*
Maria Alaminos, *Los herederos de la fuerza*
J. M. Latorre, *Los ojos en el espejo*
J. M. Carrasco, *Capitán Nadie*
Milagros Oya, *El dado de fuego*
Karen Cushman, *El libro de Catherine*
Jordi Sierra i Fabra, *Donde esté mi corazón*
Roberto Santiago y Jesús Olmo, *Prohibido tener catorce años*
Elia Barceló, *El caso del artista cruel*
Enrique Sánchez, *El gol imposible*
Vicente Andreu Navarro, *El trébol de cuatro hojas*
Blanca Álvarez, *El escritor asesino*
Pasqual Alapont, *Un verano sin francesas*
Marliese Arold, *Miriam es anoréxica*
Lola Gándara, *Alejandra*
Agustín Fernández Paz, *Trece años de Blanca*
Marisa López Soria, *Se ofrece chico*
Manuel Alfonseca, *El sello de Eolo*
Milio Rodríguez Cueto, *Mimí al volante*

Juan Madrid, *Huida al Sur*
Carol Matas, *Jesper*
César Mallorquí, *El maestro oscuro*
Manuel Quinto, *Las llaves del horizonte*
Luis Blanco Vila, *Memorias de un gato tonto*
Blanca Álvarez, *La soga del muerto*
Pasqual Alapont, *La oveja negra*
Miguel Sandín, *Expediente Pania*
Francisco D. Valladares, *El secreto de Pulau Karang*
Julián Ibáñez, *Manuela, Scarface*
Jordi Cervera, *Muerte a seis veinticinco*
Elia Barceló, *El caso del crimen de la ópera*
Nacho Docavo, *El alma del lama*
José María Plaza, *En septiembre llegó el desastre*
Hortense Ullrich, *¡Las brujas no besan!*
José Mª Mendiola, *El Cementerio de los Ingleses*
Care Santos, *Laluna.com*
Claudia Larraguibel, *Puesta en escena*
Hortense Ullrich, *El amor te vuelve rubia*
Natalia Demidoff, *Jaque a Borgia*
Miquel Rayó, *El enigma Altai*
Jordi Sierra i Fabra, *Tester (probador)*
Enrique Sánchez, *Asesinato de un hincha*
Maite Carranza, *Palabras envenenadas*
Gabriel Janer Manila, *Han quemado el mar*
M. Carme Roca, *La moneda partida*
Miren Agur Meabe, *La casa del acantilado*

Carmen Gómez Ojea, *Bailaremos en el río*

Pepe Carrasco, *El regreso del Capitán Nadie*

Mar Guerra, *Manorroja*

Assumpta García, *El diablo en el túnel*

Blanca Álvarez, *Memoria del infierno*

Pasqual Alapont, *Llenos de rabia*

César Mallorquí, *La cruz de El Dorado*

José María Latorre, *Un sudario de hiedra*

M. Carme Roca – *Montse Ballarín, Tambores de cristal*

Jordi Sierra i Fabra, *Llamando a las puertas del cielo*

Jordi Sierra i Fabra,*Y le llamaron Colón*

Francesc Miralles, *La vida es una suave quemadura*

Care Santos, *Pídeme la luna*

Elia Barceló, *Cordeluna*

Enrique Gudín, *En primaria todos éramos muy listos*

José Rubio, *El durmiente*

Elia Barceló, *Caballeros de Malta*

César Mallorquí, *La piedra inca*